現代名家

美文品讀系列

駱駝祥子

老舍作品精選集

山邊出版社有限公司

現代名家美文品讀系列

# 駱駝祥子——老舍作品精選集

作　　者：老舍
賞　　析：趙鵬
插　　圖：皮痞祖
責任編輯：陳友娣
美術設計：蔡學彰　王樂佩
出　　版：山邊出版社有限公司
　　　　　香港英皇道499號北角工業大廈18樓
　　　　　電話：（852）2138 7998
　　　　　傳真：（852）2597 4003
　　　　　網址：http://www.sunya.com.hk
　　　　　電郵：marketing@sunya.com.hk
發　　行：香港聯合書刊物流有限公司
　　　　　香港新界大埔汀麗路36號中華商務印刷大廈3字樓
　　　　　電話：（852）2150 2100
　　　　　傳真：（852）2407 3062
　　　　　電郵：info@suplogistics.com.hk
印　　刷：中華商務彩色印刷有限公司
　　　　　香港新界大埔汀麗路36號
版　　次：二〇一九年五月初版

原書名：駱駝祥子‧貓
老舍　著　　　皮痞祖　繪
中文繁體字版 © 駱駝祥子‧貓　由接力出版社有限公司正式授權出版發行，非經接力出版社有限公司書面同意，不得以任何形式任意重印、轉載。

ISBN: 978-962-923-477-5
© 2019 SUNBEAM Publications (HK) Ltd.
18/F, North Point Industrial Building, 499 King's Road, Hong Kong
Published and printed in Hong Kong

# 目錄

# 作者小傳

老舍（1899－1966），原名舒慶春，字舍予，滿族人，1899年出生於北京。老舍的父親舒永壽是清軍的一名京城護軍，1900年八國聯軍入侵時在巷戰中陣亡。自此原本就不富裕的家庭陷入極端的貧困，全靠母親一個人縫洗衣物和幫人幹雜活為生。

老舍自幼生活在一個大雜院裏，也就是《四世同堂》開篇所描寫的「小羊圈胡同」，現在叫小楊家胡同。這裏居住着北京城最底層的人民，有車夫，有工人，有販夫走卒，下等的娼伶，苦難、貧窮是整個環境的基本色彩，但其中也有歡樂。老百姓喜聞樂見的曲藝藝術為老舍的童年和少年時代帶來了笑聲，也為他一生的文學藝術創作奠定了詼諧、通俗、平易近人的主基調。儘管後來老舍成為一個知識淵博的學者，在高校任教，往來者多為當時文化名人，但他卻始終保持着一種「接地氣」的寫作狀態，對孤貧不幸者的同情，對民間文藝的親近欣賞，一直充盈在他的字裏行間。

九歲那年，老舍在劉壽綿（即宗月大師）的資助下入私塾開始上學。在老舍的人生中，劉壽綿是一個非常值得一提的人——不僅他本人，還有他的女兒。劉壽綿家與老舍家有一點説不上很親近但又扯不斷的淵源關係。老舍的

曾祖母曾經服侍過劉家祖上的一位女性長輩。劉壽綿喜歡做善事，記着這一門「窮親戚」，主動幫助根本上不起學的老舍唸書識字，這讓老舍一生都銘記不忘。

劉壽綿有一個與老舍年紀相仿的女兒，兩人是師範學校的同學，也是彼此的初戀。但因為雙方社會地位過於懸殊，老舍沒有勇氣向劉家提出結婚的要求，這段戀情無疾而終。後來劉家家財散盡，劉壽綿出家為僧，他的兒女都跟隨父親來到寺廟修行，但亂世之中，佛門也不能清淨，那位劉姑娘據說結局十分不幸。

老舍創作的許多小說人物中，都有這對父女的影子。《正紅旗下》的定大爺的原型正是劉壽綿。而老舍的小說《微神》便是以自己與劉姑娘的戀愛悲劇為藍本創作的。

1918年，老舍從北京師範學校畢業。第二年，五四運動爆發，當時身為一個小學校長的老舍，也不可避免地受到了這事件的影響，後來他說：「假若沒有『五四』運動，我很可能終身作這樣的一個人：兢兢業業地辦小學，恭恭順順地侍奉老母，規規矩矩地結婚生子，如是而已。我絕對不會忽然想起去搞文藝。」

由於五四運動，老舍接受了新的思想文化和新的寫作語言，他的文學熱情被點燃，從此走上了作家之路。

　　1924年，老舍前往英國，在倫敦大學東方學院任漢語教員。1926年他寫出了自己的第一部長篇小說《老張的哲學》。也是從這部作品開始，他為自己取了筆名「老舍」。在英國期間，老舍還寫了小說《趙子曰》、《二馬》等，受到中國內地文藝評論家和讀者的關注和肯定。

　　1929年，老舍回國，在山東濟南、青島任教，直到1936年，他辭去教職，專心寫作。積累了一段時間之後，他向現代文學史奉獻了一部現實主義傑作《駱駝祥子》。《駱駝祥子》創造了祥子、虎妞、劉四爺、小福子等生活在北京市井的典型小人物，至今仍鮮活如初。《駱駝祥子》顯示了老舍對下層人民絕望生活的思考——為什麼好人卻找不到生路？一個城市貧民想用賣苦力的方式好好活着，活得更好，但是希望卻一點一點無情破滅，最後他失去了一切，成為靈魂被吞噬的行屍走肉，老舍把這個悲慘的過程詳細地敍述了出來，從中人們看到了老舍對社會現實深刻的不滿與追求變革、追求光明未來的渴望。

　　隨後而來的抗戰將老舍推上了更廣闊的舞台。1938年，老舍擔任「中華全國文藝界抗敵協會」總務部主任，負責聯絡和團結全國文學藝術界的知名人士，組織大家一起用文化做武器抗擊日寇，捍衛國家。「文協」運作的七

年間，老舍寫了大量曲藝戲劇作品，以及小說、散文、雜文等，其中就有鴻篇巨制《四世同堂》的前兩部《惶惑》、《偷生》。

抗戰勝利後的1946年，老舍受美國國務院邀請赴美講學，並留在美國寫作，完成了《四世同堂》的最後一部《饑荒》。

《四世同堂》是老舍為自己熱愛的故鄉所寫的一首悲壯史詩。以抗日戰爭中淪陷的北京城一條小小的小羊圈胡同為背景，他寫出了背負亡國之痛的眾生羣像。老舍沒有人為地拔高作品中的人物，他們是一羣知恥偷生的市民，為了生存忍受着入侵者的侮辱，但在他們的心中，從未磨滅愛國的火焰。唯其真實，方顯故都的深厚本色。

老舍並沒有親歷北平淪陷後的生活，因為當時他正在武漢、重慶等地以帶病之軀為文化抗戰奔波勞頓。他的夫人胡絜青在北平生活了五年，兩人於重慶團聚後，胡絜青將這五年自己看到聽到經歷到的事都告訴給老舍。老舍把這些故事與記憶裏無比熟悉的北京結合在一起，終於創作出了這部百萬字的巨著。

1949年新中國成立後，老舍回國，先後擔任中國民間文藝研究會副理事長，北京市文聯主席，華北行政委員會

委員，全國文聯主席團成員，中國作家協會副主席，北京市第一、二屆人大代表，全國人民代表大會第一、二、三屆主席團成員，全國政協三屆會議常務委員等職。他的寫作生涯也登上了一個新的巔峯。《方珍珠》、《茶館》、《龍鬚溝》這些著名的戲劇作品相繼出爐。其中，《龍鬚溝》讓老舍獲得了北京市政府頒發的「人民藝術家」稱號。而《茶館》則成為我國現代戲劇文學的扛鼎之作，直到今天，它仍是話劇表演團體「北京人民藝術劇院」的保留劇目。這個團體的歷代演員，都以能夠參演《茶館》為榮。

1966年8月23日，老舍在紅衞兵的批鬥中受到凌辱，身心俱創，次日投入北京大學校內的太平湖自殺身亡。

# 散文篇

　　天上微微有些白雲，水上微微有些波皺。天水之間，全是清明，溫暖的空氣，帶着一點桂花的香味。山影兒也更真了。秋山秋水虛幻的吻着。

# 想北平

設若讓我寫一本小說，以**北平**①作背景，我不至於害怕，因為我可以撿着我知道的寫，而躲開我所不知道的。讓我單擺浮擱的講一套北平，我沒辦法。北平的地方那麼大，事情那麼多，我知道的真覺太少了，雖然我生在那裏，一直到廿七歲才離開。以名勝說，我沒到過陶然亭，這多可笑！以此類推，我所知道的那點只是「我的北平」，而我的北平大概等於牛的一毛。

可是，我真愛北平。這個愛幾乎是要說而說不出的。我愛我的母親。怎樣愛？我說不出。在我想作一件討她老人家喜歡的時候，我獨自微微的笑着；在我想到她的健康而不放心的時候，我欲落淚。言語是不夠表現我的心情的，只有獨自微笑或落淚才足以把內心揭露在外面一些來。我之愛北平也近乎這個。誇獎這個古城的某一點是容易的，可是那就把北平看得太小了。我所愛的北平不是枝枝節節的一些什麼，而是整個兒與我的心靈相粘合的一段

---

① **北平**：北京的舊稱。

歷史，一大塊地方，多少風景名勝，從雨後什刹海的蜻蜓一直到我夢裏的玉泉山的塔影，都積湊到一塊，每一小的事件中有個我，我的每一思念中有個北平，這只有說不出而已。

真願成為詩人，把一切好聽好看的字都浸在自己的心血裏，像杜鵑似的啼出北平的俊偉。啊！我不是詩人！我將永遠道不出我的愛，一種像由音樂與圖畫所引起的愛。這不但是辜負了北平，也對不住我自己，因為我的最初的知識與印象都得自北平，它是在我的血裏，我的性格與脾氣裏有許多地方是這古城所賜給的。我不能愛上海與天津，因為我心中有個北平。可是我說不出來！

倫敦，巴黎，羅馬與堪司坦丁堡，曾被稱為歐洲的四大「歷史的都城」。我知道一些倫敦的情形；巴黎與羅馬只是到過而已；堪司坦丁堡根本沒有去過。就倫敦，巴黎，羅馬來說，巴黎更近似北平——雖然「近似」兩字要拉扯得很遠——不過，假使讓我「家住巴黎」，我一定會和沒有家一樣的感到寂苦。巴黎，據我看，還太熱鬧。自然，那裏也有空曠靜寂的地方，可是又未免太曠；不像北平那樣既複雜而又有個邊際，使我能摸着——那長着紅酸棗的老城牆！面向着積水潭，背後是城牆，坐在石上看水中的小蝌蚪或葦葉上的嫩蜻蜓，我可以快樂的坐一天，心中完全安適，無所求也無可怕，像小兒安睡在搖籃裏。是的，北平也有熱鬧的地方，但是它和太極拳相似，動中有

靜。巴黎有許多地方使人疲乏，所以咖啡與酒是必要的，以便刺激；在北平，有溫和的香片茶就夠了。

論説巴黎的布置已比倫敦羅馬勻調的多了，可是比上北平還差點事兒。北平在人為之中顯出自然，幾乎是什麼地方既不擠得慌，又不太僻靜：最小的胡同裏的房子也有院子與樹；最空曠的地方也離買賣街與住宅區不遠。這種分配法可以算——在我的經驗中——天下第一了。北平的好處不在處處設備得完全，而在它處處有空兒，可以使人自由的喘氣；不在有好些美麗的建築，而在建築的四圍都有空閒的地方，使它們成為美景。每一個城樓，每一個牌樓，都可以從老遠就看見。況且在街上還可以看見北山與

西山呢！

　　好學的，愛古物的，人們自然喜歡北平，因為這裏書多古物多。我不好學，也沒錢買古物。對於物質上，我卻喜愛北平的花多菜多果子多。花草是種費錢的玩藝，可是此地的「草花兒」很便宜，而且家家有院子，可以花不多的錢而種一院子花，即使算不了什麼，可是到底可愛呀。牆上的牽牛，牆根的靠山竹與草茉莉，是多麼省錢省事而也足以招來蝴蝶呀！至於青菜，白菜，扁豆，毛豆角，黃瓜，菠菜等等，大多數是直接由城外擔來而送到家門口的。雨後，韭菜葉上還往往帶着雨時濺起的泥點。青菜攤子上的紅紅綠綠幾乎有詩似的美麗。果子有不少是由西山與北山來的，西山的沙果，海棠，北山的黑棗，柿子，進了城還帶着一層白霜兒呀！哼，美國的橘子包着紙；遇到北平的帶霜兒的玉李，還不愧殺！

　　是的，北平是個都城，而能有好多自己產生的花，菜，水果，這就使人更接近了自然。從它裏面說，它沒有像倫敦的那些成天冒煙的工廠；從外面說，它緊連着園林，菜圃與農村。採菊東籬下，在這裏，確是可以悠然見南山的；大概把「南」字變個「西」或「北」，也沒有多少了不得的吧。像我這樣的一個貧寒的人，或者只有在北平能享受一點清福了。

　　好，不再說了吧；要落淚了，真想念北平呀！

賞析

　　《想北平》一文中，「想」字貫穿全文。「想」是一份思念和情愫，「我真愛北平」。然而這份愛卻看不見、摸不着、説不出。知之太少，無法説——「但要讓我把北平一一道來，我沒辦法。」愛得深厚，無從説——只能拿自己對母親的愛來解釋，「這個愛幾乎是要説而説不出的」。言語貧乏，無能説——「我不是詩人！我將永遠道不出我的愛，一種像由音樂與圖畫所引起的愛。」其實，作者並非沒有美好的言語，而是用這種詩意的方法表達自己對北平的深情。

　　作家將北平與歐洲四大「歷史的都城」比較，從整體結構、建築格局、環境氣氛、生活情趣等方面一一品味着北平的滋味。生活中平凡真實的個個情景，溫和、自由、可愛、自然，那獨有的古城特色化作縷縷情思，亦抒發了作者的一種人生韻致。

# 北京的春節

按照北京的老規矩，過農曆的新年（春節），差不多在臘月的初旬就開頭了。「臘七臘八，凍死寒鴉」，這是一年裏最冷的時候。可是，到了嚴冬，不久便是春天，所以人們並不因為寒冷而減少過年與迎春的熱情。在臘八那天，人家裏，寺觀裏，都熬臘八粥。這種特製的粥是祭祖祭神的，可是細一想，它倒是農業社會的一種自傲的表現——這種粥是用所有的各種的米，各種的豆，與各種的乾果（杏仁、核桃仁、瓜子、荔枝肉、蓮子、花生米、葡萄乾、菱角米……）熬成的。這不是粥，而是小型的農業展覽會。

臘八這天還要泡臘八蒜。把蒜瓣在這天放到高醋裏，封起來，為過年吃餃子用的。到年底，蒜泡得色如翡翠，而醋也有了些辣味，色味雙美，使人要多吃幾個餃子。在北京，過年時，家家吃餃子。

從臘八起，舖戶中就加緊的上年貨，街上加多了貨攤子——賣春聯的、賣年畫的、賣**蜜供**①的、賣水仙花的等等

---

① **蜜供**：老北京在過年時節，人們用來放在佛堂裏敬奉神、佛、祖先的供品，外形似四方塔，中間留空。以油、麵粉、蜜糖等揉合起來，切成小長條，疊成塔形，油炸後再裹糖衣。

都是只在這一季節才會出現的。這些趕年的攤子都教兒童們的心跳得特別快一些。在胡同裏，吆喝的聲音也比平時更多更複雜起來，其中也有僅在臘月才出現的，像賣憲書的、松枝的、薏仁米的、年糕的等等。

在有皇帝的時候，學童們到臘月十九日就不上學了，放年假一月。兒童們準備過年，差不多第一件事是買雜拌兒。這是用各種乾果（花生、膠棗、榛子、栗子等）與蜜餞攪合成的，普通的帶皮，高級的沒有皮——例如：普通的用帶皮的榛子，高級的用榛瓤兒。兒童們喜吃這些零七八碎兒，即使沒有餃子吃，也必須買雜拌兒。他們的第二件大事是買爆竹，特別是男孩子們。恐怕第三件事才是買玩藝兒——風箏、空竹、口琴等——和年畫兒。

兒童們忙亂，大人們也緊張。他們須預備過年吃的使的喝的一切。他們也必須給兒童趕快做新鞋新衣，好在新年時顯出萬象更新的氣象。

二十三日過小年，差不多就是過新年的「綵排」。在舊社會裏，這天晚上家家祭灶王，從一擦黑兒鞭炮就響起來，隨着炮聲把灶王的紙像焚化，美其名叫送灶王上天。在前幾天，街上就有多少多少賣麥芽糖與江米糖的，糖形或為長方塊或為大小瓜形。按舊日的說法：有糖粘住灶王的嘴，他到了天上就不會向玉皇報告家庭中的壞事了。現在，還有賣糖的，但是只由大家享用，並不再粘灶王的嘴了。

過了二十三，大家就更忙起來，新年眨眼就到了啊。

在除夕以前，家家必須把春聯貼好，必須大掃除一次，名曰掃房。必須把肉、雞、魚、青菜、年糕什麼的都預備充足，至少足夠吃用一個星期的——按老習慣，舖戶多數關五天門，到正月初六才開張。假若不預備下幾天的吃食，臨時不容易補充。還有，舊社會裏的老媽媽論講究在除夕把一切該切出來的東西都切出來，省得在正月初一到初五再動刀，動刀剪是不吉利的。這含有迷信的意思，不過它也表現了我們確是愛和平的人，在一歲之首連切菜刀都不願動一動。

除夕真熱鬧。家家趕作年菜，到處是酒肉的香味。老少男女都穿起新衣，門外貼好紅紅的對聯，屋裏貼好各色的年畫，哪一家都燈火通宵，不許間斷，炮聲日夜不絕。在外邊做事的人，除非萬不得已，必定趕回家來，吃團圓飯，祭祖。這一夜，除了很小的孩子，沒有什麼人睡覺，而都要守歲。

元旦的光景與除夕截然不同：除夕，街上擠滿了人；元旦，舖戶都上着板子，門前堆着昨夜燃放的爆竹紙皮，全城都在休息。

男人們在午前就出動，到親戚家，朋友家去拜年。女人們在家中接待客人。同時，城內城外有許多寺院開放，任人遊覽，小販們在廟外擺攤，賣茶，食品，和各種玩具。北城外的大鐘寺、西城外的白雲觀、南城的火神廟（廠甸）是最有名的。可是，開廟最初的兩三天，並不十

分熱鬧，因為人們還正忙着彼此賀年，無暇及此。到了初五六，廟會開始風光起來，小孩們特別熱心去逛，為的是到城外看看野景，可以騎毛驢，還能買到那些新年特有的玩具。白雲觀外的廣場上有賽轎車賽馬的；在老年間，據說還有賽駱駝的。這些比賽並不爭取誰第一誰第二，而是在觀眾面前表演驟馬與騎者的美好姿態與技能。

多數的舖戶在初六開張，又放鞭炮，從天亮到清早，全城的炮聲不絕。雖然開了張，可是除了賣吃食與其他重要日用品的舖子，大家並不很忙，舖中的伙計們還可以輪流着去逛廟、逛天橋，和聽戲。

元宵（湯圓）上市，新年的高潮到了——元宵節（從正月十三到十七）。除夕是熱鬧的，可是沒有月光；元宵節呢，恰好是明月當空。元旦是體面的，家家門前貼着鮮紅的春聯，人們穿着新衣裳，可是它還不夠美。元宵節，處處懸燈結綵，整條的大街像是辦喜事，火熾而美麗。有名的老舖都要掛出幾百盞燈來，有的一律是玻璃的，有的清一色是牛角的，有的都是紗燈；有的各形各色，有的通通彩繪全部《紅樓夢》或《水滸傳》故事。這，在當年，也就是一種廣告；燈一懸起，任何人都可以進到舖中參觀；晚間燈中都點上燭，觀者就更多。這廣告可不庸俗。乾果店在燈節還要作一批雜拌兒生意，所以每每獨出心裁的，製成各樣的冰燈，或用麥苗作成一兩條碧綠的長龍，把顧客招來。

除了懸燈，廣場上還放花合。在城隍廟裏並且燃起火判，火舌由判官的泥像的口、耳、鼻、眼中伸吐出來。公園裏放起天燈，像巨星似的飛到天空。

男男女女都出來踏月、看燈、看焰火；街上的人擁擠不動。在舊社會裏，女人們輕易不出門，她們可以在燈節裏得到些自由。

小孩子們買各種花炮燃放，即使不跑到街上去淘氣，在家中照樣能有聲有光的玩耍。家中也有燈：走馬燈——原始的電影——宮燈、各形各色的紙燈，還有紗燈，裏面有小鈴，到時候就叮叮的響。大家還必須吃湯圓呀。這的確是美好快樂的日子。

一眨眼，到了殘燈末廟，學生該去上學，大人又去照常作事，新年在正月十九結束了。臘月和正月，在農村社會裏正是大家最閒在的時候，而豬牛羊等也正長成，所以大家要殺豬宰羊，酬勞一年的辛苦。過了燈節，天氣轉暖，大家就又去忙着幹活了。北京雖是城市，可是它也跟着農村社會一齊過年，而且過得分外熱鬧。

在舊社會裏，過年是與迷信分不開的。臘八粥，關東糖，除夕的餃子，都須先去供佛，而後人們再享用。除夕要接神；大年初二要祭財神，吃元寶湯（餛飩），而且有的人要到財神廟去借紙元寶，搶燒頭股香。正月初八要給老人們順星、祈壽。因此那時候最大的一筆浪費是買香臘紙馬的錢。現在，大家都不迷信了，也就省下這筆開銷，

用到有用的地方去。特別值得提到的是現在的兒童只快活地過年，而不受那迷信的薰染，他們只有快樂，而沒有恐懼——怕神怕鬼。也許，現在過年沒有以前那麼熱鬧了，可是多麼清醒健康呢。以前，人們過年是託神鬼的庇佑，現在是大家勞動終歲，大家也應當快樂地過年。

賞析

　　春節是我國民間最隆重、最熱鬧的傳統節日，不同民族和地區都有着自己獨特的春節習俗。創作本文的20世紀30年代，雖是戰亂時期，但春節依舊是人們記憶中難忘的美好的時光。本文以時間為線，詳略得當，點面結合，用京味十足的語言為我們描繪了從臘八到正月初六，老北京人喜迎春節的一幅幅民俗畫卷，讓人感受到老百姓辭舊迎新的喜悅和節日生活的溫馨與美好。

# 兔兒爺

　　我好靜，故怕旅行。自然，到過的地方就不多了。到的地方少，看的東西自然也就少。就是對於兔兒爺這玩藝也沒有看過多少種。

　　稍為熟習的只有北方幾座城：北平，天津，濟南，和青島。在這四個名城裏，一到中秋，街上便擺出兔兒爺來——就是山東人稱為兔子王的泥人。兔兒爺或兔子王都是泥作的。兔臉人身，有的背後還插上紙旗，頭上罩着紙傘。種類多，作工細，要算北平。山東的兔子王樣式既少，手工也很糙。

　　泥人本有多種，可是因為不結實，所以作得都不太精細；給小兒女買玩藝兒，誰也不願多花錢買一碰即碎的呀。兔兒爺雖也係泥人，但售出的時間只在八月節前的半個月左右，與月餅同為迎時當令的東西，故不妨作得精細一些。況且小兒女們每願給兔兒爺上供，置之桌上，不像對待別種泥娃娃那麼隨便，於是也就略為減少碰碎的危險。這樣，兔兒爺便獲得較優越的地位，而能每年一度很漂亮的出現於街頭。

中秋又到了，北平等處的兔兒爺怎樣呢？

我可以想像到：那些粉臉彩衣，插旗打傘的泥人們一定還是一行行的擺在街頭，為暴敵粉飾升平啊！

聽說敵人這些日子，正在北平大量的焚書，幾乎凡不是木板的圖書都可以遭到被投入火裏的厄運。學校裏，人家裏，都沒有了書，而街頭上到處擺出兔兒爺，多麼好的一種布置呢！暴敵要的是傀儡呀！

友人來信，說平津大雨，連韭菜都賣到三吊錢（與重慶的「吊」同值）一束，粗糧也賣到一毛多一斤。誰還買得起兔兒爺呢？大概也就是在市上擺幾天，給大家熱鬧熱鬧眼睛吧？

因而就想到那些高等漢奸，到時候，他們就必出來。正如桂花一開，兔子王便上市。他們的臉很體面，油光水滑的，只可惜鼻下有個三瓣子嘴，而頭上有一對長耳朵。他們的身上也花花綠綠，足下登起粉底高靴。身腔裏可是空空的，脊背有個泥團兒，為插旗傘之用；旗傘都是紙作的。他們多體面，多空虛，多沒有心肝呢！他們唯一的好處似乎只在有兩個泥膝，跪下很方便。

兔兒爺怕遇上淘氣的孩子，左搬右弄，它臉上的粉，身上的彩，便被弄污；不幸而孩子一失手，全身便變成若干小片片了。孩子並不十分傷心，有錢便能再買一個呀。幸而支持過了中秋，並未粉碎；可又時節已過，誰還有心玩兔子王呢？最聰明的傀儡也不過是些小土片呀！那些帶

活氣的兔子王，越漂亮，我就越替他們擔心；小日本鬼子不但淘氣，而且是世上最兇狠的孩子啊。兔子王的壽命無論如何過不去中秋，我真想為那些粉墨登場的傀儡們落淚了。

抗戰建國須憑真實本領與浩然正氣，只能迎時當令充兔子王的，不作漢奸，也是廢物。那麼，我們不僅當北望平津，似乎也當自省一下吧？

## 賞析

作為土生土長的北京人，作家老舍先生對兔兒爺這一獨特形象似乎情有獨鍾，曾在多篇文章裏提到它。寫這篇文章的時候，正值北京被日本人佔領，對於這個災難深重的都城，先生的筆觸裏有無名的憤怒：「粗糧也賣到一毛多一斤。誰還買得起兔兒爺呢？」、「因而就想到那些高等漢奸，到時候，他們就必出來。正如桂花一開，兔子王便上市。……兔子王的壽命無論如何過不去中秋，我真想為那些粉墨登場的傀儡們落淚了。」一顆幽幽的赤子心就這樣化於字裏行間了。

# 養花

　　有喜有憂，有笑有淚，有花有實，有香有色，既須勞動，又長見識，這就是養花的樂趣。

　　我愛花，所以也愛養花。我可還沒成為養花專家，因為沒有工夫去研究與試驗。我只把養花當做生活中的一種樂趣，花開得大小好壞都不計較，只要開花，我就高興。在我的小院中，到夏天，滿是花草，小貓兒們只好上房去玩耍，地上沒有牠們的運動場。

　　花雖多，但無奇花異草。珍貴的花草不易養活，看着一棵好花生病欲死是件難過的事。我不願時時落淚。北京的氣候，對養花來説，不算很好。冬天冷，春天多風，夏天不是乾旱就是大雨傾盆；秋天最好，可是忽然會鬧霜凍。在這種氣候裏，想把南方的好花養活，我還沒有那麼大的本事。因此，我只養些好種易活、自己會奮鬥的花草。

　　不過，儘管花草自己會奮鬥，我若置之不理，任其自生自滅，它們多數還是會死的。我得天天照管它們，像好朋友似的關切它們。一來二去，我摸着一些門道：有的喜

陰，就別放在太陽地裏，有的喜乾，就別多澆水。這是個樂趣，摸住門道，花草養活了，而且三年五載老活着、開花，多麼有意思呀！不是亂吹，這就是知識呀！多得些知識，一定不是壞事。

我不是有腿病嗎，不但不利於行，也不利於久坐。我不知道花草們受我的照顧，感謝我不感謝，我可得感謝它們。在我工作的時候，我總是寫了幾十個字，就到院中去看看，澆澆這棵，搬搬那盆，然後回到屋中再寫一點，然後再出去，如此循環，把腦力勞動與體力勞動結合到一起，有益身心，勝於吃藥。要是趕上狂風暴雨或天氣突變哪，就得全家動員，搶救花草，十分緊張。幾百盆花，都

要很快地搶到屋裏去，使人腰酸腿疼，熱汗直流。第二天，天氣好轉，又得把花兒都搬出去，就又一次腰酸腿疼，熱汗直流。可是，這多麼有意思呀！不勞動，連棵花兒也養不活，這難道不是真理麼？

送牛奶的同志，進門就誇「好香」！這使我們全家都感到驕傲。趕到曇花開放的時候，約幾位朋友來看看，更有秉燭夜遊的神氣——曇花總在夜裏放蕊。花兒分根了，一棵分為數棵，就贈給朋友們一些；看着友人拿走自己的勞動果實，心裏自然特別喜歡。

當然，也有傷心的時候，今年夏天就有這麼一回。三百株菊秧還在地上（沒到移入盆中的時候），下了暴雨。鄰家的牆倒了下來，菊秧被砸死者約三十多種，一百多棵！全家都幾天沒有笑容！

有喜有憂，有笑有淚，有花有實，有香有色，既須勞動，又長見識，這就是養花的樂趣。

賞析

1949年後，老舍和夫人搬進了北京一座小四合院，從此就在院子裏養起了花。老舍先生喜歡「養些好種易活、自己會奮鬥的花草」，大概有100多種，300多棵。平日裏，經常與愛花的朋友交流養花經驗。暴風雨來臨，天氣突變時，全家動員，搶救花草。曇花盛開，香氣四溢時，

相邀好友，賞花飲酒。

　　質樸無華的筆觸，像鄰家大伯嘮家常般將養花的經歷和樂趣娓娓道來，親切舒服，淺顯易懂。「有喜有憂，有笑有淚，有花有果，有香有色，既須勞動，又長見識」，讓我們感受到老舍先生以花為友，養花為樂，其人愛花，更愛生活，樂在其中。

# 貓

　　貓的性格實在有些古怪。説牠老實吧，牠的確有時候很乖。牠會找個暖和地方，成天睡大覺，無憂無慮。什麼事也不過問。可是，趕到牠決定要出去玩玩，就會走出一天一夜，任憑誰怎麼呼喚，牠也不肯回來。説牠貪玩吧，的確是呀，要不怎麼會一天一夜不回家呢？可是，及至牠聽到點老鼠的響動啊，牠又多麼盡職，閉息凝視，一連就是幾個鐘頭，非把老鼠等出來不拉倒！

　　牠要是高興，能比誰都溫柔可親：用身子蹭你的腿，把脖兒伸出來要求給抓癢，或是在你寫稿子的時候，跳上桌來，在紙上踩印幾朵小梅花。牠還會豐富多腔地叫喚，長短不同，粗細各異，變化多端，力避單調。在不叫的時候，牠還會咕嚕咕嚕地給自己解悶。這可都憑牠的高興。牠若是不高興啊，無論誰説多少好話，牠一聲也不出，連半個小梅花也不肯印在稿紙上！牠倔強得很！

　　是，貓的確是倔強。看吧，大馬戲團裏什麼獅子，老虎，大象，狗熊，甚至於笨驢，都能表演一些玩藝兒，可是誰見過耍貓呢？（昨天才聽説：蘇聯的某馬戲團裏確有

耍貓的，我當然還沒親眼見過。）

這種小動物確是古怪。不管你多麼善待牠，牠也不肯跟着你上街去逛逛。牠什麼都怕，總想藏起來。可是牠又那麼勇猛，不要說見着小蟲和老鼠，就是遇上蛇也敢鬥一鬥。牠的嘴往往被蜂兒或蠍子螫的腫起來。

趕到貓兒們一講起戀愛來，那就鬧得一條街的人們都不能安睡。牠們的叫聲是那麼尖銳刺耳，使人覺得世界上若是沒有貓啊，一定會更平靜一些。

可是，及至女貓生下兩三個棉花團似的小貓啊，你又不恨牠了。牠是那麼盡責地看護兒女，連上房兜兜風也不肯去了。

郎貓可不那麼負責，牠絲毫不關心兒女。牠或睡大覺，或上屋去亂叫，有機會就和鄰居們打一架，身上的毛兒滾成了氈，滿臉橫七豎八都是傷痕，看起來實在不大體面。好在牠沒有照鏡子的習慣，依然昂首闊步，大喊大叫，牠匆忙地吃兩口東西，就又去挑戰開打。有時候，牠兩天兩夜不回家，可是當你以為牠可能已經遠走高飛了，牠卻瘸着腿大敗而歸，直入廚房要東西吃。

過了滿月的小貓們真是可愛，腿腳還不甚穩，可是已經學會淘氣。媽媽的尾巴，一根雞毛，都是牠們的好玩具，耍上沒結沒完。一玩起來，牠們不知要摔多少跟頭，但是跌倒即馬上起來，再跑再跌。牠們的頭撞在門上，桌腿上，和彼此的頭上。撞疼了也不哭。

牠們的膽子越來越大，逐漸開闢新的遊戲場所。牠們到院子裏來了。院中的花草可遭了殃。牠們在花盆裏摔跤，抱着花枝打鞦韆，所過之處，枝折花落。你不肯責打牠們，牠們是那麼生氣勃勃，天真可愛呀。可是，你也愛花。這個矛盾就不易處理。

　　現在，還有新的問題呢：老鼠已差不多都被消滅了，貓還有什麼用處呢？而且，貓既吃不着老鼠，就會想辦法去偷捉雞雛或小鴨什麼的開開齋。這難道不是問題麼？

　　在我的朋友裏頗有些位愛貓的。不知他們注意到這些問題沒有？記得二十年前在重慶住着的時候，那裏的貓很珍貴，須花錢去買。在當時，那裏的老鼠是那麼猖狂，小貓反倒須放在籠子裏養着，以免被老鼠吃掉。據說，目前在重慶已很不容易見到老鼠。那麼，那裏的貓呢？是不是已經不放在籠子裏，還是根本不養貓了呢？這須打聽一下，以備參考。

　　也記得三十年前，在一艘法國輪船上，我吃過一次貓肉。事前，我並不知道那是什麼肉，因為不識法文，看不懂菜單。貓肉並不難吃，雖不甚香美，可也沒什麼怪味道。是不是該把貓都送往法國輪船上去呢？我很難作出決定。

　　貓的地位的確降低了，而且發生了些小問題。可是，我並不為貓的命運多耽什麼心思。想想看吧，要不是減鼠運動得到了很大的成功，消除了巨害，貓的威風怎會減少

了呢？兩相比較，滅鼠比愛貓更重要的多，不是嗎？我想，世界上總會有那麼一天，一切都機械化了，不是連驢馬也會有點問題嗎？可是，誰能因耽憂驢馬沒有事作而放棄了機械化呢？

《貓》寫於1959年，文章開篇便點明「貓的性格實在有些古怪」，隨後作者用幽默調侃的語言將看似矛盾的事情一一列出：老實卻又調皮，貪玩卻又盡職，溫柔卻又倔強，膽小卻又勇猛，變化多端，難以捉摸。滿月小貓不知疲倦地玩耍，把院子弄得「枝折花落」、一片狼藉，但牠們的「生機勃勃，天真可愛」卻讓人不忍責打。作者像長輩數落孩子一樣，看似滿含責備，實則親切溫和，憐愛之情溢於言表。

文章如若到此，也不失為一篇描寫動物的佳作，但作者筆鋒一轉，拋出問題：「老鼠已經差不多都被消滅了，貓還有什麼用處呢？」便展開了對貓去向的探討。1949年新中國成立後，文學已不再承擔啟蒙、救亡的重大使命，知識分子的地位每況愈下。尤其是1957年的「反右派」運動，令人心驚膽寒。老舍先生正是借貓來隱喻當時的知識分子，表達自己憂心忡忡、失落無助、寂寞無奈的複雜心情。個中滋味，一言難盡，誰人能解……

# 林海

　　這說的是大興安嶺。自幼就在地理課本上見到過這個山名，並且記住了它，或者是因為「大興安嶺」四個字的聲音既響亮，又含有興國安邦的意思吧。是的，這個悅耳的名字使我感到親切、舒服。可是，那個「嶺」字出了點岔子：我總以為它是奇峯怪石，高不可攀的。這回，有機會看到它，並且進到原始森林裏邊去，腳落在千年萬年積累的幾尺厚的松針上，手摸到那些古木，才真的證實了那種親切與舒服並非空想。

　　對了，這個「嶺」字，可跟秦嶺的「嶺」字不大一樣。嶺的確很多，高點的，矮點的，長點的，短點的，橫着的，順着的，可是沒有一條使人想起「雲橫秦嶺」那種險句。多少條嶺啊，在疾馳的火車上看了幾個鐘頭，既看不完，也看不厭。每條嶺都是那麼溫柔，雖然下自山腳，上至嶺頂，長滿了珍貴的林木，可是誰也不孤峯突起，盛氣凌人。

　　目之所及，哪裏都是綠的。的確是林海。羣嶺起伏是林海的波浪。多少種綠顏色呀：深的，淺的，明的，暗

的，綠得難以形容，綠得無以名之。我雖**謅**①了兩句：「高嶺蒼茫低嶺翠，幼林明媚母林幽」，但總覺得離眼前實景還相差很遠。恐怕只有畫家才能夠寫下這麼多的綠顏色來吧？

興安嶺上千般寶，第一應誇落葉松。是的，這是落葉松的海洋。看，「海」邊上不是還有些白的浪花嗎？那是些俏麗的白樺，樹幹是銀白色的。在陽光下，一片青松的邊沿，閃動着白樺的銀裙，不像海邊上的浪花麼？

---

① **謅**：胡說，編造。謅 zhōu，粵音周。

兩山之間往往流動着清可見底的溪河，河岸上有多少野花呀。我是愛花的人，到這裏我卻叫不出那些花的名兒來。興安嶺多麼會打扮自己呀：青松作衫，白樺為裙，還穿着繡花鞋呀。連樹與樹之間的空隙也不缺乏色彩：在松影下開着各種的小花，招來各色的小蝴蝶——牠們很親熱地落在客人的身上。花叢裏還隱藏着像珊瑚珠似的小紅豆，興安嶺中酒廠所造的紅豆酒就是用這些小野果釀成的，味道很好。

　　就憑上述的一些風光，或者已經足以使我們感到興安嶺的親切可愛了。還不盡然：誰進入嶺中，看到那數不盡的青松白樺，能夠不馬上向四面八方望一望呢？有多少省份用過這裏的木材呀！大至礦井、鐵路，小至桌椅、椽柱，有幾個省市的建設與興安嶺完全沒有關係呢？這麼一想，「親切」與「舒服」這種字樣用來就大有根據了。所以，興安嶺越看越可愛！是的，我們在圖畫中或地面上看到奇山怪嶺，也會發生一種美感，可是，這種美感似乎是起於驚異與好奇。興安嶺的可愛，就在於它美得並不空洞。它的千山一碧，萬古常青，又恰好與廣廈、良材聯繫起來。於是，它的美麗就與建設結為一體，不僅使我們拍掌稱奇，而且叫心中感到溫暖，因而親切、舒服。

　　哎呀，是不是誤投誤撞跑到美學問題上來了呢？假若是那樣，我想：把美與實用價值聯繫起來，也未必不好。我愛興安嶺，也更愛興安嶺與我們生活上的親切關係。它

的美麗不是孤立的，而是與我們的建設分不開的。它使不遠千里而來的客人感到應當愛護它，感謝它。

及至看到林場，這種親切之感便更加深厚了。我們伐木取材，也造林護樹，左手砍，右手栽。我們不僅取寶，也作科學研究，使林海不但能夠萬古常青，而且百計千方，綜合利用。山林中已有了不少的市鎮，給興安嶺添上了新的景色，添上了愉快的勞動歌聲。人與山的關係日益密切，怎能夠使我們不感到親切、舒服呢？我不曉得當初為什麼管它叫作興安嶺，由今天看來，它的確含有興國安邦的意義了。

1961年夏天，老舍先生到內蒙古參觀訪問，隨後寫下散文《內蒙風光》。《林海》、《草原》都選自其中。

《林海》一文主要寫了大興安嶺的景色與作者的聯想，表達了作者對興安嶺的熱愛。在老舍先生的筆下，千山萬嶺，連綿不絕，各具風采，溫柔可親。在他的調色板上，林海的綠色是那樣變化無窮：「深的，淺的，明的，暗的，綠得難以形容。」特別是「在陽光下，大片青松的邊沿閃動着白樺的銀裙，不是像海邊的浪花嗎？」一句話包含比喻、擬人、反問三種修辭手法，使人在一望無際的立體畫卷中平添了許多有趣的想像。

# 草原

　　自幼就見過「天蒼蒼，野茫茫，風吹草低見牛羊」這類的詞句。這曾經發生過不太好的影響，使人怕到北邊去。這次，我看到了草原。那裏的天比別處的天更可愛，空氣是那麼清鮮，天空是那麼明朗，使我總想高歌一曲，表示我的愉快。在天底下，一碧千里，而並不茫茫。四面都有小丘，平地是綠的，小丘也是綠的。羊羣一會兒上了小丘，一會兒又下來，走在哪裏都像給無邊的綠毯繡上了白色的大花。那些小丘的線條是那麼柔美，就像沒骨畫那樣，只用綠色渲染，沒有用筆勾勒，於是，到處翠色欲流，輕輕流入雲際。這種境界，既使人驚歎，又叫人舒服，既願久立四望，又想坐下低吟一首奇麗的小詩。在這境界裏，連駿馬與大牛都有時候靜立不動，好像回味着草原的無限樂趣。**紫塞**①，紫塞，誰說的？這是個翡翠的世界。連江南也未必有這樣的景色啊！

---

① **紫塞**：指長城，也指北方邊塞。秦朝建長城的土都是紫色的，所以把長城叫做「紫塞」。塞 sài，粵音賽。

　　我們訪問的是陳巴爾虎旗的牧業公社。汽車走了一百五十華里，才到達目的地。一百五十里全是草原。再走一百五十里，也還是草原。草原上行車至為灑脫，只要方向不錯，怎麼走都可以。初入草原，聽不見一點聲音，也看不見什麼東西，除了一些忽飛忽落的小鳥。走了許久，遠遠地望見了迂迴的，明如玻璃的一條帶子。河！牛羊多起來，也看到了馬羣，隱隱有鞭子的輕響。快了，快到公社了。忽然，像被一陣風吹來的，遠丘上出現了一羣馬，馬上的男女老少穿着各色的衣裳，馬疾馳，襟飄帶舞，像一條彩虹向我們飛過來。這是主人來到幾十里外，歡迎遠客。見到我們，主人們立刻撥轉馬頭，歡呼着，飛馳着，在汽車左右與前面引路。靜寂的草原，熱鬧起來：歡呼聲，車聲，馬蹄聲，響成一片。車、馬飛過了小丘，看見了幾座蒙古包。

　　蒙古包外，許多匹馬，許多輛車。人很多，都是從幾十里外乘馬或坐車來看我們的。我們約請了海拉爾的一位女舞蹈員給我們作翻譯。她的名字漂亮——水晶花。她就是陳旗的人，鄂溫克族。主人們下了馬，我們下了車。也不知道是誰的手，總是熱乎乎地握着，握住不散。我們用不着水晶花同志給作翻譯了。大家的語言不同，心可是一樣。握手再握手，笑了再笑。你說你的，我說我的，總的意思都是民族團結互助！

　　也不知怎的，就進了蒙古包。奶茶倒上了，奶豆腐擺

上了，主客都盤腿坐下，誰都有禮貌，誰都又那麼親熱，一點不拘束。不大會兒，好客的主人端進來大盤子的手抓羊肉和奶酒。公社的幹部向我們敬酒，七十歲的老翁向我們敬酒。正是：

祝福頻頻難盡意，舉杯切切莫相忘！

我們回敬，主人再舉杯，我們再回敬。這時候鄂溫克姑娘們，戴着尖尖的帽兒，既大方，又稍有點羞澀，來給客人們唱民歌。我們同行的歌手也趕緊唱起來。歌聲似乎比什麼語言都更響亮，都更感人，不管唱的是什麼，聽者總會露出會心的微笑。

飯後，小伙子們表演套馬，摔跤，姑娘們表演了民族舞蹈。客人們也舞的舞，唱的唱，並且要騎一騎蒙古馬。太陽已經偏西，誰也不肯走。是呀！蒙漢情深何忍別，天涯碧草話斜陽！

人的生活變了，草原上的一切都也隨着變。就拿蒙古包說吧，從前每被呼為氈廬，今天卻變了樣，是用木條與草稈作成的，為是夏天住着涼爽，到冬天再改裝。看那馬羣吧，既有短小精悍的蒙古馬，也有高大的新種三河馬。這種大馬真體面，一看就令人想起「龍馬精神」這類的話兒，並且想騎上牠，馳騁萬里。牛也改了種，有的重達千斤，乳房像小缸。牛肥草香乳如泉啊！並非浮誇。羊羣裏既有原來的大尾羊，也添了新種的短尾細毛羊，前者肉美，後者毛好。是的，人畜兩旺，就是草原上的新氣象之一。

賞析

　　本文記敘了作者第一次訪問內蒙古大草原的所見、所聞、所感，展現了草原的美麗風光和不同民族間的深情厚誼，寓情於景，動靜結合。

　　藍空，白雲，小丘，原野……這些極具代表性的景物，將草原特有的天高雲淡、一碧千里、草茂馬肥的畫面展現在我們面前，「既使人驚歎，又叫人舒服」。優美的語言，生動貼切的比擬，形神兼備而不失純樸簡練，生動感人。接下來，熱情遠迎，盛情款待，盡情聯歡的風俗，叫人充分感受到蒙古同胞的熱情豪爽。這熱烈歡騰的場面與之前的風光描寫動靜相宜，情景交融，草原的自然美、人文美令人久久難忘。

# 春風

　　濟南與青島是多麼不相同的地方呢！一個設若比作穿肥袖馬褂的老先生，那一個便應當是摩登的少女。可是這兩處不無相似之點。拿氣候説吧，濟南的夏天可以熱死人，而青島是有名的避暑所在；冬天，濟南也比青島冷。但是，兩地的春秋頗有點相同。濟南到春天多風，青島也是這樣；濟南的秋天是長而晴美，青島亦然。

　　對於秋天，我不知應愛哪裏的：濟南的秋是在山上，青島的是海邊。濟南是抱在小山裏的；到了秋天，小山上的草色在黃綠之間，松是綠的，別的樹葉差不多都是紅與黃的。就是那沒樹木的山上，也增多了顏色——日影、草色、石層，三者能配合出種種的條紋，種種的影色。配上那光暖的藍空，我覺到一種舒適安全，只想在山坡上似睡非睡的躺着，躺到永遠。青島的山——雖然怪秀美——不能與海相抗，秋海的波還是春樣的綠，可是被清涼的藍空給開拓出老遠，平日看不見的小島清楚的點在帆外。這遠到天邊的綠水使我不願思想而不得不思想；一種無目的的思慮，要思慮而心中反倒空虛了些。濟南的秋給我安全之

感，青島的秋引起我甜美的悲哀。我不知應當愛哪個。

　　兩地的春可都被風給吹毀了。所謂春風，似乎應當溫柔，輕吻着柳枝，微微吹皺了水面，偷偷的傳送花香，同情的輕輕掀起禽鳥的羽毛。濟南與青島的春風都太粗猛。濟南的風每每在丁香海棠開花的時候把天颳黃，什麼也看不見，連花都埋在黃暗中，青島的風少一些沙土，可是狡猾，在已很暖的時節忽然來一陣或一天的冷風，把一切都送回冬天去，棉衣不敢脫，花兒不敢開，海邊翻着愁浪。

　　兩地的風都有時候整天整夜的颳。春夜的微風送來雁叫，使人似乎多些希望。整夜的大風，門響窗戶動，使人不英雄的把頭埋在被子裏；即使無害，也似乎不應該如此。對於我，特別覺得難堪。我生在北方，聽慣了風，可也最怕風。聽是聽慣了，因為聽慣才知道那個難受勁兒。它老使我坐臥不安，心中游游摸摸的，幹什麼不好，不幹什麼也不好。它常常打斷我的希望：聽見風響，我懶得出門，覺得寒冷，心中渺茫。春天彷彿應當有生氣，應當有花草，這樣的野風幾乎是不可原諒的！我倒不是個弱不禁風的人，雖然身體不很足壯。我能受苦，只是受不住風。別種的苦處，多少是在一個地方，多少有個原因，多少可以設法減除；對風是乾沒辦法。總不在一個地方，到處隨時使我的腦子晃動，像怒海上的船。它使我說不出為什麼苦痛，而且沒法子避免。它自由的颳，我死受着苦。我不能和風去講理或吵架。單單在春天颳這樣的風！可是跟誰

講理去呢？蘇杭的春天應當沒有這不得人心的風吧？我不准知道，而希望如此。好有個地方去「避風」呀！

賞析

　　本寫春風，前文卻用大量筆墨寫濟南、青島兩地秋天的美麗，這樣的對比突出了青島與濟南春風的特別之處——粗猛、寒冷，令人不快，以至於希望可以尋個地方避風。本文寫作手法的巧妙之處，在於並未在開頭直接描寫春風，而是從獨特的角度，讓讀者在對比中感受兩地春風的特別。文章中沒有華麗的辭藻和語句，大量比喻、擬人的運用，讓人如臨其境。

# 趵突泉的欣賞

　　千佛山、大明湖和**趵突泉**[①]，是濟南的三大名勝。現在單講趵突泉。

　　在西門外的橋上，便看見一溪活水，清淺，鮮潔，由南向北的流着。這就是由趵突泉流出來的。設若沒有這泉，濟南定會丟失了一半的美。但是泉的所在地並不是我們理想中的一個美景。這又是個中國人的征服自然的辦法，那就是説，凡是自然的恩賜交到中國人手裏就會把它弄得醜陋不堪。這塊地方已經成了個市場。南門外是一片喊聲，幾陣臭氣，從賣大碗麵條與肉包子的棚子裏出來。進了門有個小院，差不多是四方的。這裏，「一毛錢四塊！」和「兩毛錢一雙！」的喊聲，與外面的「吃來」聯成一片。一座假山，奇醜；穿過山洞，接聯不斷的棚子與地攤，東洋布，東洋磁，東洋玩具，東洋……加勁的表示着中國人怎樣熱烈的「不」抵制劣貨。這裏很不易走過去，鄉下人一羣跟着一羣的來，把路塞住。他們沒有例外

---

① **趵突泉**：趵突，跳躍奔突的意思。趵突泉有「天下第一泉」的美譽。趵 bào，粵音豹。

的全買一件東西還三次價，走開又回來摸索四五次。小腳婦女更了不得，你往左躲，她往左扭；你往右躲，她往右扭，反正不許你痛快的過去。

到了池邊，北岸上一座神殿，南西東三面全是唱鼓書的茶棚，唱的多半是梨花大鼓，一聲「喲」要拉長幾分鐘，猛聽頗像產科醫院的病室。除了茶棚還是日貨攤子，說點別的吧！

泉太好了。泉池差不多見方，三個泉口偏西，北邊便是條小溪流向西門去。看那三個大泉，一年四季，畫夜不停，老那麼翻滾。你立定呆呆的看三分鐘，你便覺出自然的偉大，使你不敢再正眼去看。永遠那麼純潔，永遠那麼活潑，永遠那麼鮮明，冒，冒，冒，永不疲乏，永不退縮，只是自然有這樣的力量！冬天更好，泉上起了一片熱氣，白而輕軟，在深綠的長的水藻上飄盪着，使你不由的想起一種似乎神秘的境界。

池邊還有小泉呢：有的像大魚吐水，極輕快的上來一串小泡；有的像一串明珠，走到中途又歪下去，真像一串珍珠在水裏斜放着；有的半天才上來一個泡，大，扁一點，慢慢的，有姿態的，搖動上來；碎了；看，又來了一個！有的好幾串小碎珠一齊擠上來，像一朵攢整齊的珠花，雪白。有的……這比那大泉還更有味。

新近為增加河水的水量，又下了六根鐵管，做成六個泉眼，水流得也很旺，但是我還是愛那原來的三個。

看完了泉，再往北走，經過一些貨攤，便出了北門。

　　前年冬天一把大火把泉池南邊的棚子都燒了。有機會改造了！造成一個公園，各處安着噴水管！東邊作個游泳池！有許多人這樣的盼望。可是，席棚又搭好了，漸次改成了木板棚；鄉下人只知道趵突泉，把攤子移到「商場」去（就離趵突泉幾步）買賣就受損失了；於是「商場」四大皆空，還叫趵突泉作日貨銷售場；也許有道理。

　　寫濟南不能不提到濟南的山水之勝。「千佛山、趵突泉和大明湖，是濟南的三大名勝。」除了在多篇文中都為千佛山寫上幾筆外，老舍先生專門描寫了趵突泉（《趵突泉的欣賞》）和大明湖（《大明湖之春》）。

　　「泉太好了」，他用妙筆對泉水進行了細膩的描寫，表達了對濟南城的摯愛。「在西門外的橋上，便看見一溪活水，清淺，鮮潔，由南向北的流着。這就是由趵突泉流出來的。設若沒有這泉，濟南定會丟失了一半的美。」、「永遠那麼純潔，永遠那麼活潑，永遠那麼鮮明，冒，冒，冒，永不疲乏，永不退縮，只是自然有這樣的力量！」這簡約幾筆，幅幅畫面便活脫脫躍然紙上，令人折服。但同時也毫不留情地對濟南的某些亂象予以諷刺和針砭，極具現實批判意義。

# 一些印象（節選）

　　濟南的秋天是詩境的。設若你的幻想中有個中古的老城，有睡着了的大城樓，有狹窄的古石路，有寬厚的石城牆，環城流着一道清溪，倒映着山影，岸上蹲着紅袍綠褲的小妞兒。你的幻想中要是這麼個境界，那便是個濟南。設若你幻想不出——許多人是不會幻想的——請到濟南來看看吧。

　　請你在秋天來。那城，那河，那古路，那山影，是終年給你預備着的。可是，加上濟南的秋色，濟南由古樸的畫境轉入靜美的詩境中了。這個詩意秋光秋色是濟南獨有的。上帝把夏天的藝術賜給瑞士，把春天的賜給西湖，秋和冬的全賜給了濟南。秋和冬是不好分開的，秋睡熟了一點便是冬，上帝不願意把它忽然喚醒，所以作個整人情，連秋帶冬全給了濟南。

　　詩的境界中必須有山有水。那末，請看濟南吧。那顏色不同，方向不同，高矮不同的山，在秋色中便越發的不同了。以顏色說吧，山腰中的松樹是青黑的，加上秋陽的斜射，那片青黑便多出些比灰色深，比黑色淺的顏色，把

旁邊的黃草蓋成一層灰中透黃的陰影。山腳是鑲着各色條子的，一層層的，有的黃，有的灰，有的綠，有的似乎是藕荷色兒。山頂上的色兒也隨着太陽的轉移而不同。山頂的顏色不同還不重要，山腰中的顏色不同才真叫人想作幾句詩。山腰中的顏色是永遠在那兒變動，特別是在秋天，那陽光能夠忽然清涼一會兒，忽然又溫暖一會兒，這個變動並不激烈，可是山上的顏色覺得出這個變化，而立刻隨着變換。忽然黃色更真了一些，忽然又暗了一些，忽然像有層看不見的薄霧在那兒流動，忽然像有股細風替「自然」調合着彩色，輕輕的抹上一層各色俱全而全是淡美的色道兒。有這樣的山，再配上那藍的天，晴暖的陽光；藍得像要由藍變綠了，可又沒完全綠了；晴暖得要發燥了，可是有點涼風，正像詩一樣的溫柔；這便是濟南的秋。況且因為顏色的不同，那山的高低也更顯然了。高的更高了些，低的更低了些，山的棱角曲線在晴空中更真了，更分明了，更瘦硬了。看山頂上那個塔！

再看水。以量說，以質說，以形式說，哪兒的水能比濟南？有泉——到處是泉——有河，有湖，這是由形式上分。不管是泉是河是湖，全是那麼清，全是那麼甜，哎呀，濟南是「自然」的Sweet heart吧？大明湖夏日的蓮花，城河的綠柳，自然是美好的了。可是看水，是要看秋水的。濟南有秋山，又有秋水，這個秋才算個秋，因為秋神是在濟南住家的。先不用說別的，只說水中的綠藻吧。那

份兒綠色，除了上帝心中的綠色，恐怕沒有別的東西能比擬的。這種鮮綠全借着水的清澄顯露出來，好像美人借着鏡子鑒賞自己的美。是的，這些綠藻是自己享受那水的甜美呢，不是為誰看的。它們知道它們那點綠的心事，它們終年在那兒吻着水皮，做着綠色的香夢。淘氣的鴨子，用黃金的腳掌碰它們一兩下。浣女的影兒，吻它們的綠葉一兩下。只有這個，是它們的香甜的煩惱。羨慕死詩人呀！

在秋天，水和藍天一樣的清涼。天上微微有些白雲，水上微微有些波皺。天水之間，全是清明，温暖的空氣，帶着一點桂花的香味。山影兒也更真了。秋山秋水虛幻的吻着。山兒不動，水兒微響。那中古的老城，帶着這片秋色秋聲，是濟南，是詩。

要知濟南的冬日如何，且聽下回分解。

上次説了濟南的秋天，這回該説冬天。

對於一個在北平住慣的人，像我，冬天要是不颳大風，便是奇跡；濟南的冬天是沒有風聲的。對於一個剛由倫敦回來的，像我，冬天要能看得見日光，便是怪事；濟南的冬天是響晴的。自然，在熱帶的地方，日光是永遠那麼毒，響亮的天氣反有點叫人害怕。可是，在北中國的冬天，而能有温晴的天氣，濟南真得算個寶地。

設若單單是有陽光，那也算不了出奇。請閉上眼想：一個老城，有山有水，全在藍天下很暖和安適的睡着；只

等春風來把他們喚醒，這是不是個理想的境界？

　　小山整把濟南圍了個圈兒，只有北邊缺着點口兒，這一圈小山在冬天特別可愛，好像是把濟南放在一個小搖籃裏，它們全安靜不動的低聲的說：你們放心吧，這兒準保暖和。真的，濟南的人們在冬天是面上含笑的。他們一看那些小山，心中便覺得有了着落，有了依靠。他們由天上看到山上，便不覺的想起：明天也許就是春天了吧？這樣的溫暖，今天夜裏山草也許就綠起來吧？就是這點幻想不能一時實現，他們也並不着急，因為有這樣慈善的冬天，幹啥還希望別的呢。

　　最妙的是下點小雪呀。看吧，山上的矮松越發的青黑，樹尖上頂着一髻兒白花，像些小日本看護婦。山尖全白了，給藍天鑲上一道銀邊。山坡上有的地方雪厚點，有的地方草色還露着，這樣，一道兒白，一道兒暗黃，給山們穿上一件帶水紋的花衣；看着看着，這件花衣好像被風兒吹動，叫你希望看見一點更美的山的肌膚。等到快日落的時候，微黃的陽光斜射在山腰上，那點薄雪好像忽然害了羞，微微露出點粉色。就是下小雪吧，濟南是受不住大雪的，那些小山太秀氣。

　　古老的濟南，城內那麼狹窄，城外又那麼寬敞，山坡上卧着些小村莊，小村莊的房頂上卧着點雪，對，這是張小水墨畫，或者是唐代的名手畫的吧。

　　那水呢，不但不結冰，反倒在綠藻上冒着點熱氣。

水藻真綠，把終年貯蓄的綠色全拿出來了。天兒越晴，水
藻越綠，就憑這些綠的精神，水也不忍得凍上；況且那長
枝的垂柳還要在水裏照個影兒呢。看吧，由澄清的河水慢
慢往上看吧，空中，半空中，天上，自上而下全是那麼清
亮，那麼藍汪汪的，整個的是塊空靈的藍水晶。這塊水晶
裏，包着紅屋頂，黃草山，像地毯上的小團花的小灰色樹
影；這就是冬天的濟南。

　　樹雖然沒有葉兒，鳥兒可並不偷懶，看在日光下張
着翅叫的百靈們。山東人是百靈鳥的崇拜者，濟南是百靈

的國。家家處處聽得到牠們的歌唱；自然，小黃鳥兒也不少，而且在百靈國內也很努力的唱。還有山喜鵲呢，成羣的在樹上啼，扯着淺藍的尾巴飛。樹上雖沒有葉，有這些羽翎裝飾着，也倒有點像西洋美女。坐在河岸上，看着牠們在空中飛，聽着溪水活活的流，要睡了，這是有催眠力的；不信你就試試；睡吧，決凍不着你。

要知後事如何，我自己也不知道。


到了齊大，暑假還未曾完。除了太陽要落的時候，校園裏不見一個人影。那幾條白石凳，上面有楓樹給張着傘，便成了我的臨時書房。手裏拿着本書，並不見得唸；念地上的樹影，比讀書還有趣。我看着：細碎的綠影，夾着些小黃圈，不定都是圓的，葉兒稀的地方，光也有時候透出七棱八角的一小塊。小黑驢似的螞蟻，單喜歡在這些光圈上慌手忙腳的來往過。那邊的白石凳上，也印着細碎的綠影，還落着個小藍蝴蝶，抿着翅兒，好像要睡。一點風兒，把綠影兒吹醉，散亂起來；小藍蝶醒了懶懶的飛，似乎是作着夢飛呢；飛了不遠，落下了，抱住黃蜀菊的蕊兒。看着，老大半天，小蝶兒又飛了，來了個愣頭磕腦的馬蜂。

真靜。往南看，千佛山懶懶的倚着一些白雲，一聲不出。往北看，圍子牆根有時過一兩個小驢，微微有點鈴聲。往東西看，只看見樓牆上的爬山虎。葉兒微動，像豎

起的兩面綠浪。往下看，四下都是綠草。往上看，看見幾個紅的樓尖。全不動。綠的，紅的，上上下下的，像一張畫，顏色固定，可是越看越好看。只有辦公處的大鐘的針兒，偷偷的移動，好似唯恐怕叫光陰知道似的，那麼偷偷的動，從樹隙裏偶爾看見一個小女孩，花衣裳特別花哨，突然把這一片靜的景物全刺激了一下；花兒也更紅，葉兒也更綠了似的；好像她的花衣裳要帶這一羣顏色跳舞起來。小女孩看不見了，又安靜起來。槐樹上輕輕落下個豆瓣綠的小蟲，在空中懸着，其餘的全不動了。

　　園中就是缺少一點水呀！連小麻雀也似乎很關心這個，時常用小眼睛往四下找；假如園中，就是有一道小溪吧，那要多麼出色。溪裏再有些各色的魚，有些荷花！那怕是有個噴水池呢，水聲，和着楓葉的輕響，在石台上睡一刻鐘，要作出什麼有聲有色有香味的夢！花木夠了，只缺一點水。

　　短松牆覺得有點死板，好在發着一些松香；若是上面繞着些密羅松，開着些血紅的小花，也許能減少一些死板氣兒。園外的幾行洋槐很體面，似乎缺少一些小白石凳。可是繼而一想，沒有石凳也好，校園的全景，就妙在只有花木，沒有多少人工作的點綴，磚砌的花池咧，綠竹籬咧，全沒有；這樣，沒有人的時候，才真像沒有人，連一點人工經營的痕跡也看不出；換句話說，這才不俗氣。

　　啊，又快到夏天了！把去年的光景又想起來；也許

是盼望快放暑假吧。快放暑假吧！把這個整個的校園，還交給蜂蝶與我吧！太自私了，誰說不是！可是我能念着樹影，給諸位作首不十分好，也還說得過去的詩呢。

　　學校南邊那塊瓜地，想起來叫人口中出甜水；但是懶得動；在石凳上等着吧，等太陽落了，再去買幾個瓜吧。自然，這還是去年的話；今年那塊地還種瓜嗎？管他種瓜還是種豆呢，反正白石凳還在那裏，爬山虎也又綠起來；只等玫瑰開呀！玫瑰開，吃粽子，下雨，晴天，楓樹底下，白石凳上，小藍蝴蝶，綠槐樹蟲，哈，夢！再溫習溫習那個夢吧。

…………

## 賞析

　　1930年，老舍來到了濟南，先後任教於濟南齊魯大學和青島山東大學，從此開始了他與濟南的多年緣分。老舍先生一生曾在國內外許多城市生活，唯獨為濟南留下了一系列文字。寫得那樣典雅精緻，那樣富有詩意！這是一位現代著名作家與一座歷史文化名城的奇情奇緣。

　　作者寫濟南的秋天是圍繞「詩境」二字展開的：「上帝把夏天的藝術賜給瑞士，把春天的賜給西湖，秋和冬的全賜給了濟南。」、「秋神是在濟南住家的。」

　　文章圍繞秋山、秋水描摹了濟南富有詩意的秋色，

有形有色，有聲有味、靜中有動。寫濟南冬天的時候，作者着重突出了「溫晴」的氣候特點。寫山、寫水、寫城、寫人，寫陽光、寫白雪，無不塗上一層溫暖晴朗的色彩。景物的層次安排，猶如鏡頭的移動，紛至沓來而又井然有序。全文色彩繽紛，不下十種顏色糅合在一起，鮮明勻稱，寧靜嫵媚。

# 我的母親

　　母親的娘家是北平德勝門外，土城兒外邊，通大鐘寺的大路上的一個小村裏。村裏一共有四五家人家，都姓馬。大家都種點不十分肥美的地，但是與我同輩的兄弟們，也有當兵的，作木匠的，作泥水匠的，和當巡察的。他們雖然是農家，卻養不起牛馬，人手不夠的時候，婦女便也須下地作活。

　　對於姥姥家，我只知道上述的一點。外公外婆是什麼樣子，我就不知道了，因為他們早已去世。至於更遠的族系與家史，就更不曉得了；窮人只能顧眼前的衣食，沒有功夫談論什麼過去的光榮；「家譜」這字眼，我在幼年就根本沒有聽說過。

　　母親生在農家，所以勤儉誠實，身體也好。這一點事實卻極重要，因為假若我沒有這樣的一位母親，我以為我恐怕也就要大大的打個折扣了。

　　母親出嫁大概是很早，因為我的大姐現在已是六十多歲的老太婆，而我的大外甥女還長我一歲啊。我有三個哥哥，四個姐姐，但能長大成人的，只有大姐，二姐，三

姐，三哥與我。我是「老」兒子。生我的時候，母親已有四十一歲，大姐二姐已都出了閣。

由大姐與二姐所嫁入的家庭來推斷，在我生下之前，我的家裏，大概還馬馬虎虎的過得去。那時候訂婚講究門當戶對，而大姐丈是作小官的，二姐丈也開過一間酒館，他們都是相當體面的人。

可是，我，我給家庭帶來了不幸：我生下來，母親暈過去半夜，才睜眼看見她的老兒子——感謝大姐，把我揣在懷中，致未凍死。

一歲半，我把父親「克」死了。

兄不到十歲，三姐十二三歲，我才一歲半，全仗母親獨力撫養了。父親的寡姐跟我們一塊兒住，她吸鴉片，她喜摸紙牌，她的脾氣極壞。為我們的衣食，母親要給人家洗衣服，縫補或裁縫衣裳。在我的記憶中，她的手終年是鮮紅微腫的。白天，她洗衣服，洗一兩大綠瓦盆。她作事永遠絲毫也不敷衍，就是屠戶們送來的黑如鐵的布襪，她也給洗得雪白。晚間，她與三姐抱着一盞油燈，還要縫補衣服，一直到半夜。她終年沒有休息，可是在忙碌中她還把院子屋中收拾得清清爽爽。桌椅都是舊的，櫃門的銅活久已殘缺不全，可是她的手老使破桌面上沒有塵土，殘破的銅活發着光。院中，父親遺留下的幾盆石榴與夾竹桃，永遠會得到應有的澆灌與愛護，年年夏天開許多花。

哥哥似乎沒有同我玩耍過。有時候，他去讀書；有

時候，他去學徒；有時候，他也去賣花生或櫻桃之類的小東西。母親含着淚把他送走，不到兩天，又含着淚接他回來。我不明白這都是什麼事，而只覺得與他很生疏。與母親相依為命的是我與三姐。因此，她們作事，我老在後面跟着。她們澆花，我也張羅着取水；她們掃地，我就撮土……從這裏，我學得了愛花，愛清潔，守秩序。這些習慣至今還被我保存着。

有客人來，無論手中怎麼窘，母親也要設法弄一點東西去款待。舅父與表哥們往往是自己掏錢買酒肉食，這使她臉上羞得飛紅，可是殷勤的給他們溫酒作麵，又給她一些喜悦。遇上親友家中有喜喪事，母親必把大褂洗得乾乾淨淨，親自去賀弔——份禮也許只是兩吊小錢。到如今如我的好客的習性，還未全改，儘管生活是這麼清苦，因為自幼兒看慣了的事情是不易改掉的。

姑母常鬧脾氣。她單在雞蛋裏找骨頭。她是我家中的閻王。直到我入了中學，她才死去，我可是沒有看見母親反抗過。「沒受過婆婆的氣，還不受大姑子的嗎？命當如此！」母親在非解釋一下不足以平服別人的時候，才這樣說。是的，命當如此。母親活到老，窮到老，辛苦到老，全是命當如此。她最會吃虧。給親友鄰居幫忙，她總跑在前面：她會給嬰兒洗三[①]——窮朋友們可以因此少花一

---

① 洗三：在嬰兒出生後的第三日舉行沐浴儀式，由接生姥姥主持，目的是為嬰兒洗去污穢，消災解難，也祈求福氣和吉利。

筆「請姥姥」錢——她會刮痧，她會給孩子們剃頭，她會給少婦們絞臉……凡是她能作的，都有求必應。但是吵嘴打架，永遠沒有她。她寧吃虧，不逗氣。當姑母死去的時候，母親似乎把一世的委屈都哭了出來，一直哭到墳地。不知道哪裏來的一位姪子，聲稱有承繼權，母親便一聲不響，教他搬走那些破桌子爛板凳，而且把姑母養的一隻肥母雞也送給他。

可是，母親並不軟弱。父親死在**庚子鬧「拳」**[①]的那一年。聯軍入城，挨家搜索財物雞鴨，我們被搜兩次。母親拉着哥哥與三姐坐在牆根，等着「鬼子」進門，街門是開着的。「鬼子」進門，一刺刀先把老黃狗刺死，而後入室搜索。他們走後，母親把破衣箱搬起，才發現了我。假若箱子不空，我早就被壓死了。皇上跑了，丈夫死了，鬼子來了，滿城是血光火焰，可是母親不怕，她要在刺刀下，饑荒中，保護着兒女。北平有多少變亂啊，有時候兵變了，街市整條的燒起，火團落在我們院中。有時候內戰了，城門緊閉，舖店關門，晝夜響着槍炮。這驚恐，這緊張，再加上一家飲食的籌劃，兒女安全的顧慮，豈是一個

---

① **庚子鬧「拳」**：1900 年庚子年出現了「義和團事件」，又叫「庚子運動」、「庚子事變」等。當時西方列強在中國劃分勢力，外國傳教士與中國人屢生衝突，民間排外情緒高漲。有些農民組織「義和團」（原稱「義和拳」），在慈禧太后支持下，以「扶清滅洋」為口號，燒教堂、殺教士等，最終引發八國聯軍入京。

軟弱的老寡婦所能受得起的？可是，在這種時候，母親的心橫起來，她不慌不哭，要從無辦法中想出辦法來。她的淚會往心中落！這點軟而硬的個性，也傳給了我。我對一切人與事，都取和平的態度，把吃虧看作當然的。但是，在作人上，我有一定的宗旨與基本的法則，什麼事都可將就，而不能超過自己劃好的界限。我怕見生人，怕辦雜事，怕出頭露面；但是到了非我去不可的時候，我便不得不去，正像我的母親。從私塾到小學，到中學，我經歷過起碼有廿位教師吧，其中有給我很大影響的，也有毫無影響的，但是我的真正的教師，把性格傳給我的，是我的母親。母親並不識字，她給我的是生命的教育。

當我在小學畢了業的時候，親友一致的願意我去學手藝，好幫助母親。我曉得我應當去找飯吃，以減輕母親的勤勞困苦。可是，我也願意升學。我偷偷的考入了師範學校——制服，飯食，書籍，宿處，都由學校供給。只有這樣，我才敢對母親提升學的話。入學，要交十元的保證金。這是一筆巨款！母親作了半個月的難，把這巨款籌到，而後含淚把我送出門去。她不辭勞苦，只要兒子有出息。當我由師範畢業，而被派為小學校校長，母親與我都一夜不曾合眼。我只說了句：「以後，您可以歇一歇了！」她的回答只有一串串的眼淚。我入學之後，三姐結了婚。母親對兒女是都一樣疼愛的，但是假若她也有點偏愛的話，她應當偏愛三姐，因為自父親死後，家中一切的

事情都是母親和三姐共同撐持的。三姐是母親的右手。但是母親知道這右手必須割去，她不能為自己的便利而耽誤了女兒的青春。當花轎來到我們的破門外的時候，母親的手就和冰一樣的涼，臉上沒有血色——那是陰曆四月，天氣很暖。大家都怕她暈過去。可是，她掙扎着，咬着嘴唇，手扶着門框，看花轎徐徐的走去。不久，姑母死了。三姐已出嫁，哥哥不在家，我又住學校，家中只剩母親自己。她還須自曉至晚的操作，可是終日沒人和她說一句話。新年到了，正趕上政府倡用陽曆，不許過舊年。除夕，我請了兩小時的假。由擁擠不堪的街市回到清爐冷灶的家中。母親笑了。及至聽說我還須回校，她愣住了。半天，她才歎出一口氣來。到我該走的時候，她遞給我一些花生，「去吧，小子！」街上是那麼熱鬧，我卻什麼也沒看見，淚遮迷了我的眼。今天，淚又遮住了我的眼，又想起當日孤獨的過那淒慘的除夕的慈母。可是慈母不會再候盼着我了，她已入了土！

　　兒女的生命是不依順着父母所設下的軌道一直前進的，所以老人總免不了傷心。我廿三歲，母親要我結了婚，我不要。我請來三姐給我說情，老母含淚點了頭。我愛母親，但是我給了她最大的打擊。時代使我成為逆子。廿七歲，我上了英國。為了自己，我給六十多歲的老母以第二次打擊。在她七十大壽的那一天，我還遠在異域。那天，據姐姐們後來告訴我，老太太只喝了兩口酒，很早的

便睡下。她想念她的幼子，而不便説出來。

七七抗戰[①]後，我由濟南逃出來。北平又像庚子那年似的被鬼子佔據了，可是母親日夜惦念的幼子卻跑西南來。母親怎樣想念我，我可以想像得到，可是我不能回去。每逢接到家信，我總不敢馬上拆看，我怕，怕，怕，怕有那不祥的消息。人，即使活到八九十歲，有母親便可以多少還有點孩子氣。失了慈母便像花插在瓶子裏，雖然還有色有香，卻失去了根。有母親的人，心裏是安定的。我怕，怕，怕家信中帶來不好的消息，告訴我已是失了根的花草。

去年一年，我在家信中找不到關於老母的起居情況。我疑慮，害怕。我想像得到，如有不幸，家中念我流亡孤苦，或不忍相告。母親的生日是在九月，我在八月半寫去祝壽的信，算計着會在壽日之前到達。信中囑咐千萬把壽日的詳情寫來，使我不再疑慮。十二月二十六日，由文化勞軍的大會上回來，我接到家信。我不敢拆讀。就寢前，我拆開信，母親已去世一年了！

生命是母親給我的。我之能長大成人，是母親的血汗灌養的。我之能成為一個不十分壞的人，是母親感化的。我的性格，習慣，是母親傳給的。她一世未曾享過一天福，臨死還吃的是粗糧。唉！還説什麼呢？心痛！心痛！

---

① **七七抗戰**：又叫「七七事變」、「蘆溝橋事變」。1937 年 7 月 7 日，日軍在河北省蘆溝橋附近演習，後來演變為中日軍事衝突，爆發長達八年的中日戰爭。

# 賞析

　　老舍自幼喪父，由母親獨自帶大，和母親有着無比深厚的感情。1942年，老舍的母親在北京去世，差不多一年後老舍才得到這個不幸的消息。他在《訃告》中記錄了當時沉痛的心情：「我想寫一篇《我的母親》，把她的堅強、慈愛、笑容都詳詳細細的描畫出來。可是，我自己寫了三兩千字，淚遮住了我的眼，沒法往下寫。再説，母親的偉大是在她的一言一笑一舉一動之中，她無處不偉大，所以成其偉大；我由何處着筆呢？越是小事，越見出母親的偉大……」

　　所以該文通過誠摯、平實、質樸的文字，刻畫了母親的「一言一笑一舉一動」，表現了人物豐富的內心世界，回憶了母親勤勞、善良、堅強的個性及她艱辛的一生，平凡中折射出偉大。多年來「我」奔波流離，「每逢接到家信，我總不敢馬上拆看，我怕，怕，怕，怕有那不祥的消息」。一連四個「怕」字，寫出內心的恐懼。對母親的摯愛深情叫人讀來酸楚，愧疚的痛楚讓人遺憾終生！

　　文章結尾再次表達了作者的愛母之意、敬母之情。最後一句「她一世未曾享過一天福，臨死還吃的是粗糧。唉！還説什麼呢？心痛！心痛！」以一聲歎息和兩個重重的「心痛」結篇，文雖戛然而止，但熱淚仍在長流，心裏仍在滴血，心痛中留下的是永久的思念……

# 宗月大師

　　在我小的時候，我因家貧而身體很弱。我九歲才入學。因家貧體弱，母親有時候想教我去上學，又怕我受人家的欺侮，更因交不上學費，所以一直到九歲我還不識一個字。說不定，我會一輩子也得不到讀書的機會。因為母親雖然知道讀書的重要，可是每月間三四吊錢的學費，實在讓她為難。母親是最喜臉面的人。她遲疑不決，光陰又不等待着任何人，荒來荒去，我也許就長到十多歲了。一個十多歲的貧而不識字的孩子，很自然的去作個小買賣——弄個小筐，賣些花生、煮豌豆，或櫻桃什麼的。要不然就是去學徒。母親很愛我，但是假若我能去作學徒，或提籃沿街賣櫻桃而每天賺幾百錢，她或者就不會堅決的反對。窮困比愛心更有力量。

　　有一天劉大叔偶然的來了。我說「偶然的」，因為他不常來看我們。他是個極富的人，儘管他心中並無貧富之別，可是他的財富使他終日不得閒，幾乎沒有工夫來看窮朋友。一進門，他看見了我。「孩子幾歲了？上學沒有？」他問我的母親。他的聲音是那麼洪亮，（在酒後，

他常以學喊俞振庭的《金錢豹》自傲）他的衣服是那麼華麗，他的眼是那麼亮，他的臉和手是那麼白嫩肥胖，使我感到我大概是犯了什麼罪。我們的小屋，破桌凳，土炕，幾乎禁不住他的聲音的震動。等我母親回答完，劉大叔馬上決定：「明天早上我來，帶他上學，學錢、書籍，大姐你都不必管！」我的心跳起多高，誰知道上學是怎麼一回事呢！

第二天，我像一條不體面的小狗似的，隨着這位闊人去入學。學校是一家改良私塾，在離我的家有半里多地的一座道士廟裏。廟不甚大，而充滿了各種氣味：一進山門先有一股大煙味，緊跟着便是糖精味，（有一家熬製糖球糖塊的作坊）再往裏，是廁所味，與別的臭味。學校是在大殿裏。大殿兩旁的小屋住着道士，和道士的家眷。大殿裏很黑、很冷。神像都用黃布擋着，供桌上擺着孔聖人的牌位。學生都面朝西坐着，一共有三十來人。西牆上有一塊黑板——這是「改良」私塾。老師姓李，一位極死板而極有愛心的中年人。劉大叔和李老師「嚷」了一頓，而後教我拜聖人及老師。老師給了我一本《地球韻言》和一本《三字經》。我於是，就變成了學生。

自從作了學生以後，我時常的到劉大叔的家中去。他的宅子有兩個大院子，院中幾十間房屋都是出廊的。院後，還有一座相當大的花園。宅子的左右前後全是他的房屋，若是把那些房子齊齊的排起來，可以佔半條大街。此

外，他還有幾處舖店。每逢我去，他必招呼我吃飯，或給我一些我沒有看見過的點心。他絕不以我為一個苦孩子而冷淡我，他是闊大爺，但是他不以富傲人。

在我由私塾轉入公立學校去的時候，劉大叔又來幫忙。這時候，他的財產已大半出了手。他是闊大爺，他只懂得花錢，而不知道計算。人們吃他，他甘心教他們吃；人們騙他，他付之一笑。他的財產有一部分是賣掉的，也有一部分是被人騙了去的。他不管；他的笑聲照舊是洪亮的。

到我在中學畢業的時候，他已一貧如洗，什麼財產也沒有了，只剩了那個後花園。不過，在這個時候，假若他肯用用心思，去調整他的產業，他還能有辦法教自己豐衣足食，因為他的好多財產是被人家騙了去的。可是，他不肯去請律師。貧與富在他心中是完全一樣的。假若在這時候，他要是不再隨便花錢，他至少可以保住那座花園，和城外的地產。可是，他好善。儘管他自己的兒女受着飢寒，儘管他自己受盡折磨，他還是去辦貧兒學校，粥廠，等等慈善事業。他忘了自己。就是在這個時候，我和他過往的最密。他辦貧兒學校，我去作義務教師。他施捨糧米，我去幫忙調查及散放。在我的心裏，我很明白：放糧放錢不過只是延長貧民的受苦難的日期，而不足以阻攔住死亡。但是，看劉大叔那麼熱心，那麼真誠，我就顧不得和他辯論，而只好也出點力了。即使我和他辯論，我也不

會得勝，人情是往往能戰敗理智的。

在我出國以前，劉大叔的兒子死了。而後，他的花園也出了手。他入廟為僧，夫人與小姐入庵為尼。由他的性格來說，他似乎勢必走入避世學禪的一途。但是由他的生活習慣上來說，大家總以為他不過能唸唸經，布施布施僧道而已，而絕對不會受戒出家。他居然出了家。在以前，他吃的是山珍海味，穿的是綾羅綢緞。他也嫖也賭。現在，他每日一餐，入秋還穿着件夏布道袍。這樣苦修，他的臉上還是紅紅的，笑聲還是洪亮的。對佛學，他有多麼深的認識，我不敢說。我卻真知道他是個好和尚，他知道一點便去作一點，能作一點便作一點。他的學問也許不高，但是他所知道的都能見諸實行。

出家以後，他不久就作了一座大寺的方丈。可是沒有多久就被驅除出來。他是要作真和尚，所以他不惜變賣廟產去救濟苦人。廟裏不要這種方丈。一般的說，方丈的責任是要擴充廟產，而不是救苦救難的。離開大寺，他到一座沒有任何產業的廟裏作方丈。他自己既沒有錢，他還須天天為僧眾們找到齋吃。同時，他還舉辦粥廠等等慈善事業。他窮，他忙，他每日只進一頓簡單的素餐，可是他的笑聲還是那麼洪亮。他的廟裏不應佛事，趕到有人來請，他便領着僧眾給人家去唪真經，不要報酬。他整天不在廟裏，但是他並沒忘了修持；他持戒越來越嚴，對經義也深有所獲。他白天在各處籌錢辦事，晚間在小室裏作工夫。

誰見到這位破和尚也不曾想到他曾是個在金子裏長起來的闊大爺。

去年，有一天他正給一位圓寂了的和尚唸經，他忽然閉上了眼，就坐化了。火葬後，人們在他的身上發現許多舍利。

沒有他，我也許一輩子也不會入學讀書。沒有他，我也許永遠想不起幫助別人有什麼樂趣與意義。他是不是真的成了佛？我不知道。但是，我的確相信他的居心與言行是與佛相近似的。我在精神上物質上都受過他的好處，現在我的確願意他真的成了佛，並且盼望他以佛心引領我向善，正像在三十五年前，他拉着我去入私塾那樣！

他是宗月大師。

 **賞析**

如果説對老舍青少年時期影響最大的人首先是他的母親的話，那麼第二個人就是宗月大師了。在宗月大師的幫助下，有機會讀書並因此改變了自己的命運。老舍對宗月大師的「捨己惠人、一以貫之」常懷感恩，並以其為自己一生向善、助人的榜樣。

文中的許多細節描寫，讀來傳神。「我們的小屋，破桌凳，土炕，幾乎禁不住他的聲音的震動。」既生動形象地表現了劉大叔聲音洪亮，又準確地體現了家庭的貧窮破

敗。「劉大叔和李老師『嚷』了一頓，而後教我拜聖人及老師。」家境破敗時，「他的笑聲照舊是洪亮的」。入廟苦修時，「他的臉上還是紅紅的，笑聲還是洪亮的」。文中幾次對劉大叔聲音的描寫，淡淡幾筆，凸顯了他的性格豪爽，心胸坦蕩，為人率真。

宗月大師不僅心繫窮苦人，還在抗日戰爭中做出過很大貢獻。日本人不掩埋中國軍民的遺體，北京周邊戰場上數千具中國人的屍體暴露荒野，許多中國人因為怕被日偽政府懷疑「通敵」，也不敢去收屍。宗月大師在寒冬裏帶領僧人和愛國青年持續工作一個多月，冒死掩埋中國軍民遺骸3000多具。面對日本侵略者，表現出中國人的民族氣節。在他「圓寂後出殯時，半個京城的貧民，自動走上街頭為他送葬。他們都是受過他恩惠的百姓，成為淪陷的北京城內一椿盛事」。

# 四位先生

## 吳組緗[1]先生的豬

從青木關到歌樂山一帶，在我所認識的文友中要算吳組緗先生最為闊綽。他養着一口小花豬。據說，這小動物的身價，值六百元。

每次我去訪組緗先生，必附帶的向小花豬致敬，因為我與組緗先生核計過了：假若他與我共同登廣告賣身，大概也不會有人出六百元來買！

有一天，我又到吳宅去。給小江──組緗先生的少爺──買了幾個比醋還酸的桃子。拿着點東西，好搭訕着騙頓飯吃，否則就太不好意思了。一進門，我看見吳太太的臉比晚日還紅。我心裏一想，便想到了小花豬。假若小花豬丟了，或是出了別的毛病，組緗先生的闊綽便馬上不存在了！一打聽，果然是為了小花豬：牠已絕食一天了。

---

[1] **吳組緗**（1908—1994）：原名吳祖襄，字仲華，安徽茂林人。中國近代著名作家，著有小說《一千八百擔》、《樊家舖》、《西柳集》等。緗 xiāng，粵音相。

我很着急，急中生智，主張給牠點**奎寧**①吃，恐怕是**打擺子**②。大家都不贊同我的主張。我又建議把牠抱到牀上蓋上被子睡一覺，出點汗也許就好了；焉知道不是感冒呢？這年月的豬比人還嬌貴呀！大家還是不贊成。後來，把豬醫生請來了。我頗興奮，要看看豬怎麼吃藥。豬醫生把一些草藥包在竹筒的大厚皮兒裏，使小花豬橫銜着，兩頭向後束在脖子上：這樣，藥味與藥汁便慢慢走入裏邊去。把藥包兒束好，小花豬的口中好像生了兩個翅膀，倒並不難看。

雖然吳宅有此騷動，我還是在那裏吃了午飯——自然稍微的有點不得勁兒！

過了兩天，我又去看小花豬——這回是專程探病，絕不為看別人；我知道現在豬的價值有多大——小花豬口中已無那個藥包，而且也吃點東西了。大家都很高興，我就又就棍打腿的騙了頓飯吃，並且提出聲明：到冬天，得分給我幾斤臘肉！組緗先生與太太沒加任何考慮便答應了。吳太太說：「幾斤？十斤也行！想想看，那天牠要是一病不起……」大家聽罷，都出了冷汗！

---

① **奎寧**：藥物名稱，用於治療瘧疾。
② **打擺子**：瘧疾的俗稱。

## 馬宗融[1]先生的時間觀念

馬宗融先生的錶大概是、我想是一個裝飾品。無論約他開會，還是吃飯，他總遲到一個多鐘頭，他的錶並不慢。

來重慶，他多半是住在白象街的作家書屋。有的說也罷，沒的說也罷，他總要談到夜裏兩三點鐘。假若不是別人都睏得不出一聲了，他還想不起上牀去。有人陪着他談，他能一直坐到第二天夜裏兩點鐘。錶、月亮、太陽，都不能引起他注意到時間。

比如說吧，下午三點他須到觀音岩去開會，到兩點半他還毫無動靜。「宗融兄，不是三點，有會嗎？該走了吧？」有人這樣提醒他，他馬上去戴上帽子，提起那有茶碗口粗的木棒，向外走。「七點吃飯。早回來呀！」大家告訴他。他回答聲「一定回來」，便匆匆地走出去。

到三點的時候，你若出去，你會看見馬宗融先生在門口與一位老太婆，或是兩個小學生，談話兒呢！即使不是這樣，他在五點以前也不會走到觀音岩。路上每遇到一位熟人，便要談，至少有十分鐘的話。若遇上打架吵嘴的，他得過去解勸，還許把別人勸開，而他與另一位勸架的打起來！遇上某處起火，他得幫着去救。有人追趕扒手，他

---

① **馬宗融**（1890—1949）：教授、翻譯家，四川成都人。曾到日本、法國留學，1931 年回國，先後在多間大學任教，並積極投入抗日戰爭的宣傳工作。

必然得加入，非捉到不可。看見某種新東西，他得過去問問價錢，不管買與不買。看到戲報子，馬上他去借電話，問還有票沒有……這樣，他從白象街到觀音岩，可以走一天，幸而他記得開會那件事，所以只走兩三個鐘頭，到了開會的地方，即使大家已經散了會，他也得坐兩點鐘，他跟誰都談得來，都談得有趣，很親切，很細膩。有人隨便哼了一句二簧①，他立刻請教給他；有人剛買一條繩子，他馬上拿過來練習跳繩——五十歲了啊！

七點，他想起來回白象街吃飯，歸路上，又照樣的勸架，救人，追賊，問物價，打電話……至早，他在八點半左右走到目的地。滿頭大汗，三步當作兩步走的。他走了進來，飯早已開過了。

所以，我們與友人定約會的時候，若說隨便什麼時間，早晨也好，晚上也好，反正我一天不出門，你哪時來也可以，我們便說「馬宗融的時間吧」！

## 姚蓬子②先生的硯台

作家書屋是個神秘的地方，不信你交到那裏一份文稿，而三五日後再親自去索回，你就必定不說我扯謊了。

---

① 二簧：中國戲曲唱腔的一種腔調。
② 姚蓬子（1891—1969）：原名方仁，浙江諸暨姚公埠人，中國近代文學家、翻譯家、詩人。1942 年在重慶設立作家書屋，又與老舍、趙銘彝等人合辦《文壇小報》。

　　進到書屋，十之八九你找不到書屋的主人——姚蓬子先生。他不定在哪裏藏着呢。他的被褥是稿子，他的枕頭是稿子，他的桌上、椅上、窗台上……全是稿子。簡單的說吧，他被稿子埋起來了。當你要稿子的時候，你可以看見一個奇跡。假如說尊稿是十張紙寫的吧，書屋主人會由枕頭底下翻出兩張，由褲袋裏掏出三張，書架裏找出兩張，窗子上揭下一張，還欠兩張。你別忙，他會由老鼠洞裏拉出那兩張，一點也不少。

　　單說蓬子先生的那塊硯台，也足夠驚人了！那是塊無法形容的石硯。不圓不方，有許多角兒，有任何角度。有一點沿兒，豁口甚多，底子最奇，四周翹起，中間的一點凸出，如元寶之背，它會像陀螺似的在桌子亂轉，還會一頭高一頭低地傾斜，如浪中之船。我老以為孫悟空就是由這塊石頭跳出去的！

　　到磨墨的時候，它會由桌子這一端滾到那一端，而且響如快跑的馬車。我每晚十時必就寢，而對門兒書屋的主人要辦事辦到天亮。從十時到天亮，他至少研十次墨，一次比一次響——到夜最靜的時候，大概連南岸都感到一點震動。從我到白象街起，我沒做過一個好夢，剛一入夢，硯台來了一陣雷雨，夢為之斷。在夏天，硯一響，我就起來拿臭蟲。冬天可就不好辦，只好咳嗽幾聲，使之聞之。

　　現在，我已交給作家書屋一本書，等到出版，我必定破費幾十元，送給書屋主人一塊平底的，不出聲的硯台！

# 何容①先生的戒煙

首先要聲明：這裏所說的煙是香煙，不是鴉片。

從武漢到重慶，我老同何容先生在一間屋子裏，一直到前年八月間。在武漢的時候，我們都吸「大前門」或「使館」牌；小大「英」似乎都不夠味兒。到了重慶，小大「英」似乎變了質，越來越「夠」味兒了，「前門」與「使館」倒彷彿沒了什麼意思。慢慢的，「刀」牌與「哈德門」又變成我們的朋友，而與小大「英」，不管是誰的主動吧，好像冷淡得日懸一日，不久，「刀」牌與「哈德門」又與我們發生了意見，差不多要絕交的樣子。何容先生就決心戒煙！

在他戒煙之前，我已聲明過：「先上吊。後戒煙！」本來嗎，「棄婦拋雛」的流亡在外，吃不敢進大三元，喝麼也不過是清一色（黃酒貴，只好吃點白乾），女友不敢去交，男友一律是窮光蛋，住是二人一室，睡是臭蟲滿牀，再不吸兩枝香煙，還活着幹嗎？可是，一看何容先生戒煙，我到底受了感動，既覺自己無勇，又欽佩他的偉大；所以，他在屋裏，我幾乎不敢動手取煙，以免動搖他的堅決！

---

① **何容**（1903—1990）：原名何兆熊，筆名老談、何容，河北深澤人，語言學家。《國語日報》創辦人之一，主編《重編國語辭典》、《國語日報辭典》等。1946 年以教育部國語推行委員會專任委員的身分，到台灣推行國語。

何容先生那天睡了十六個鐘頭，一枝煙沒吸！醒來，已是黃昏，他便獨自走出去。我沒敢陪他出去，怕不留神遞給他一枝煙，破了戒！掌燈之後，他回來了，滿面紅光，含着笑，從口袋中掏出一包土產捲煙來。「你嘗嘗這個，」他客氣地讓我，「才一個銅板一枝！有這個，似乎就不必戒煙了！沒有必要！」把煙接過來，我沒敢說什麼，怕傷了他的尊嚴。面對面的，把煙燃上，我倆細細地欣賞。頭一口就驚人，冒的是黃煙，我以為他誤把爆竹買來了！聽了一會兒，還好，並沒有爆炸，就放膽繼續地吸。吸了不到四五口，我看見蚊子都爭着向外邊飛，我很高興。既吸煙，又驅蚊，太可貴了！再吸幾口之後，牆上又發現了臭蟲，大概也要搬家，我更高興了！吸到了半枝，何容先生與我也跑出去了，他低聲地說：「看樣子，還得戒煙！」

何容先生二次戒煙，有半天之久。當天的下午，他買來了煙斗與煙葉。「幾毛錢的煙葉，夠吃三四天的，何必一定戒煙呢！」他說。吸了幾天的煙斗，他發現了：（一）不便攜帶；（二）不用力，抽不到；用力，煙油射在舌頭上；（三）費洋火；（四）須天天收拾，麻煩！有此四弊，他就戒煙斗，而又吸上香煙了。「始作捲煙者，其無後乎！」他說。

最近二年，何容先生不知戒了多少次煙了，而指頭上始終是黃的。

賞析

　　本文寫了抗戰時期國統區四位知識分子的生活。吳組緗夫妻貧困所迫，嘗試親身勞作卻依然飢飽不定。馬宗融隨性而行，滿腔熱忱，卻常徒勞無功。姚蓬子身為出版商，硯台破舊不堪，在文化圈子裏忘我奮鬥，住所簡陋。何容戒煙屢次失敗，除日常工作外精神生活匱乏，閒時居多。椿椿小事反映了在當時知識分子苦悶窘迫，苦中作樂的生活境遇。文章節奏明快，生動風趣，許多語言令人過目難忘，充滿了老舍式的幽默。

# 童話篇

　　母猴兒抱着一點點的小猴子，整跟老太太抱小孩兒一樣。深灰色的小毛猴真好玩，小圓腦袋左右搖動，小手兒摸摸這裏，抓抓那裏，沒事兒瞎忙。

# 小坡的生日（節選）

## 上學

要是學校裏一年到頭老放假，這一年的光陰要過得多麼快活，多麼迅速；你看，年假一個來月過得有多麼快，還沒玩耍夠呢，又到開學的日子了！不知道先生們為何這樣愛教書，為什麼不再放兩三個月的假，難道他們不喜歡玩耍嗎？那怕再放「一」個月呢，不也比現在就上學強嗎？

小坡雖然這麼想，可是他並不怕上學。他只怕妹妹哭，怕父親生氣；此外，他什麼也不怕，沒有他不敢作的事兒。開學就開學唄，也跟作別的遊戲一樣，他高高興興的預備起來。由父親的舖中拿來七八枝蟲蝕掉毛，二三年沒賣出去的毛筆。父親那裏不是沒有好筆，但是小坡專愛用落毛的，因為一邊寫字，一邊摘毛，比較的更熱鬧一些。還拿來一個大銅墨盒，不為裝墨，是為收藏隨時撿來的寶貝——粉筆頭，小乾檳榔，棕棗核兒等等。

父親給買來了新教科書，他和妹妹一本一本的先把書中圖畫看了一遍。妹妹說：這些新書不如舊的好，因為圖

畫不那麼多了。小坡歎了口氣說：先生們不懂看畫，只懂看字，又有什麼法兒呢！

東西都預備好了，書袋找不到了。小坡和妹妹翻天搗洞的尋覓，連洗臉盆裏，陳媽的枕頭底下都找了，沒有！最後他問小貓二喜看見了沒有，二喜喵了一聲，把他領到花園裏，哈哈！原來書袋在花叢裏藏着呢。拿起一看，裏面鼓鼓囊囊的裝着些小棉花團，半個破皮球，還有些零七八碎的；原來二喜沒有地方放這些玩藝兒，借用小坡的書袋作了百寶囊。他告訴了妹妹這件事，他們於是更加喜愛二喜。小坡說：等父親高興的時候，可以請求他給買個新書袋，就把這個舊的送給二喜。妹妹說：簡直的她和二喜一人買個書袋，都去上學也不壞。可是小坡說：學校裏有一對小白老鼠，要是二喜去了恐怕小鼠們有些性命難保！這個問題似乎應該等有工夫時，再詳加討論。

由家裏到學校有十幾分鐘便走到了。學校中是早晨八點鐘上課，哥哥大坡總在七點半前後動身上學。可是小坡到六點半就走，因為妹妹每天要送他到街口，然後他再把妹妹送回家，然後她再送他到街口，然後他再把妹妹送回來。如此互送七八趟，看見哥哥預備好了，才戀戀不捨的把妹妹交給母親，然後同哥哥一齊上學。

有的時候呢，他和妹妹在附近走一遭，去看**南星**①，三

---

① **南星**：故事裏小坡的玩伴，一個廣東胖小子。

多①，和馬來小妞兒們。小坡納悶：為什麼南星們不和他在一個學校唸書；要是大家成天在一塊兒夠多麼好！不行，大家偏偏分頭去上學，只有早晚才能見面，真是件不痛快的事。還更有不可明白的事呢：大家都是學生，可是唸的書都不相同，而且上學的方法也不一樣。拿南星說吧，他一月只上一天學。那就是說：每月一號，南星拿着學費去交給先生，以後就不用再去，直等到第二月的一號。聽說南星所入的學校裏，有一位校長，一位教員，一個聽差，和一個學生——就是南星。校長，教員，聽差，和南星都在每月一號到學校來。大家到齊，聽差便去搖鈴，搖得很響。一聽見鈴聲南星便把學費交給校長。聽差又搖鈴，搖得很響；校長便把南星的學費分給先生與聽差。聽差又搖鈴，搖得很響；校長和先生便出去吃飯。他們走後，南星搶過銅鈴來搖，搖得更響；痛痛快快的搖過一陣，便回家去。他第一次入學的時候，拿着第一冊國語教科書，現在上了三年的學，還是拿着第一冊國語。他的父母說：天下再找不出這樣省書錢，省筆墨費的地方，所以始終不許南星改入別的學校。校長和先生呢，也真是熱心教育，始終不肯停。新加坡學校太多，招不來學生，那不是他們的過錯。小坡很想也入南星所在的學校，但是父親不但不允所請，還**帶手兒**②說：南星的父親是糊塗蟲！

---

① **三多**：故事裏小坡的玩伴，一個福建小男孩。
② **帶手兒**：順便。

兩個馬來小姑娘的上學方法就又不同了：她們的是個馬來學校。她們是每天午前十一點鐘才上學，而且到了學校，見過先生便再回家。聽說：她們的學校裏不是先生教學生，是學生教先生。她們所擔任的課程是「吃飯」。到十一點鐘，她們要不到學校去，給先生們出主意吃什麼飯，先生們便無論如何想不出主意來，非一直餓到晚上不可！她們到了學校，見了先生，只要說：「今天是咖喱飯和炒青菜。」說着，向先生一鞠躬。先生趕緊把這個菜單寫在黑板上。等他寫完，她們便再一鞠躬，然後手把手兒回家去。小坡也頗想入這個學校，因為他可以教給馬來先生們許多事情。但是父親不知為何老藐視馬來人，又不准小坡去！

　　兩個小印度是在英文學校唸書。學校裏有中國小孩，印度小孩等等；還有白臉，高鼻子，藍眼珠的美國教員，而且教員都是大姑娘。小坡時時想到：我要是換學校啊，一定先入這個英文學校。那裏有各樣的小孩，多麼好玩；況且有白臉，高鼻子，藍眼珠的教員，而且都是大姑娘！我要是在那裏好好唸書，先生一喜愛我，也許她們把**仙坡**①請去當教員；仙坡雖然沒長着藍眼珠，但是她反正是姑娘啊！

　　兩個小印度上學的方法也很有趣味：他們是上一天

---

① **仙坡**：故事裏小坡的妹妹。

學，休息一天的，因為他們倆交一份兒學費，兩個人倒換着上學。今天哥哥去，明天弟弟去。藍眼珠的先生們認不清他們誰是誰，所以也不知道。到學期考試的時候，哥哥預備英文，弟弟就預備地理，你看這有多麼省事！誰能把一大堆書都記住，就是先生們吧，不也是有的教國語，有的教唱歌嗎？可見一個人不能什麼都會不是？小坡們的辦法真有道理，各人抱着一角兒，又省事，又記得清楚。小坡想：假如他披上他那件紅綢子寶貝，變成印度，再叫妹子把臉塗黑，也頗可以學學小印度們，一對一天的上學。唉！不好辦！父親準不許他們這樣辦！一問父親，父親一定又説：「廣東人上廣東學校，沒有別的可説！」

小坡要是羨慕南星們呀，可是他真可憐三多。三多是完全不上學校，每天在家裏跟着個戴大眼鏡，長鬍子，沒有牙的糟老頭子，唸讀寫作，一天幹到晚！沒有唱歌，也沒有體操！頂厲害的是：書上連一張圖畫沒有，整篇整本密密匝匝的全是小黑字兒！也就是自己能打倒自己的三多，能忍受這個苦處；換個人哪，早一天喊五百多次「打倒」了！不錯，三多比誰都認識的字多。但是他只認識書本上的字，一換地方，他便抓瞎了。比如你一問他街上的廣告，舖戶門匾上的字，他便低聲説：「這些字和書本上的不一樣大，不敢説！」可憐的三多！

小坡雖然羨慕別人的學校，可是他並不是不愛他所入的學校。那裏有二百多學生，男女都有。先生也有十來

位，都能不看圖就認識字。他們都很愛小坡，小坡也很愛他們。小坡尤其愛他本級的主任先生，因為這位先生說話聲音洪亮，而且能在講台上站着睡覺。他一睡，小坡便溜出去玩一會兒。他醒來大聲一講書，小坡便再溜進來，絕對的不相衝突。

六點半了，上學去！背上書袋，袋中除了紙墨筆硯之外，還塞着那塊紅綢子寶貝，以便隨時變化形象。

拉着妹妹走出家門。

「先去看看南星，好不好？」

「好哇。」

繞過一條街，找到了南星。

「上學嗎，小坡？」南星問。

「可不是。你呢？」

「我？還沒到一號呢。」

「噦！」小坡心中多麼羨慕南星！「咱們找三多去吧？」

「別去啦！三多昨兒沒背上書來，在門口兒罰站，腦袋曬得直流油兒。我偷偷的給他用香蕉葉子作了個帽子，好！被那個糟老頭子看見了，拿起大煙袋，哪！給了我一下子！你看看，這個大包！」

果然，南星的頭頂上有個大包，顏色介乎青紫之間！

「啊！」小坡很為南星抱不平，想了一會兒，說：「南星，趕明兒咱們都約會好，去把那個糟老頭子打倒，好不好？」

「他的煙袋長，長，長着呢！你還沒走近他身前，他把煙袋一掄，哪！準打在你的頭上！好，我不敢再去！」南星摸着頭上的大包，頗有點「一朝被蛇咬，三年怕井繩」的神氣。

「先去偷他的煙袋呀！」小坡說。

「不行！三多說過：老頭子除了大煙袋，還有個手杖呢！老頭子常唸道：沒有手杖不用打算教學！」

「手杖？」仙坡不明白。

「唉，手杖？」南星也不知道什麼是手杖，只是聽三多說慣了，所以老覺得「似乎」看見過這種名叫手杖的東西。不敢說一定是什麼樣兒。

「什麼是手杖呢？二哥！」仙坡問小坡。

小坡翻了翻眼珠：「大概是個頂厲害的小狗，專咬人們的腿肚子！」

「那真可怕！」仙坡顫着聲兒説。

小坡知道這個老頭子有些不好惹，他只好説些別的：「咱們找小印度去，怎樣？」

「已經上學了，剛才從這兒過去的。」南星回答。

「反正他們總有一個在家呀，他們不是一對一天輪着班上學嗎？」小坡問。

「今天他們學校裏開會，有點心，有冰激凌吃。所以他們全去了。他們説，一個先進去吃，吃完了出來換第二個。這樣來回替換，他們至少要換十來回！可惜，我的臉不黑；不然，我也和他們一塊去了！點心，冰激凌！哼！」南星此刻對於生命似乎頗抱悲觀。

「冰激凌！點心！」小坡，仙坡一齊舔着嘴唇説。

待了半天，小坡説：「去看看馬來小姑娘們吧？」

「她們也上學了！」南星喪氣頹聲的説，似乎大家一上學，他簡直成了個無依無靠的「小可憐兒」啦。

「也上學啦？這麼早？我不信！」仙坡説。

「真的！我還背了她們一程呢！她們説：有一位先生今天早晨由牀上掉下來了，不知道怎麼再上去好，所以來傳集學生們，大家想個好主意。」

「嚇！」仙坡很替這位掉下牀來而不知怎麼再上去好

的先生發愁。

「把牀翻過來,蓋在他身上,就不錯;省得上牀下牀怪麻煩的,」小坡説,待了一會兒:「可是,那要看是什麼牀啦:藤牀呢還可以,要是鐵牀可未免有點壓的慌!」

「其實在地板上睡也不壞,可以不要牀。」仙坡説。

「有這樣的老師,真是好玩!我趕明兒告訴父親,也把我送到馬來學校去唸書。」南星説。

「你要去,我也去。可是你得天天背着我上學!」仙坡説。

「可以!」南星很高興仙坡這樣重視他。

「好啦,南星,晚上見!我可得上學啦!」小坡説。

「早點回來呀!小坡!咱們還得打一回呀!」南星很誠懇的央求。

「一定!」小坡笑了笑,拉着妹妹把她送回家去。到了家門,哥哥已經走了,他忙着扯開大步,跑向學校去。

## 海岸上

設若有人説,小坡是個逃學鬼兒,我便替小坡不答應他!什麼?逃學鬼兒?哼,你以為小坡不懂得用功嗎?小坡每逢到考試的時候,總考得很好咧!再説,就是他逃學的時候,他也沒作壞事呀!就拿他看殯説吧,他往學校走的時候,便作了件別個小孩子不肯作的好事。那是這麼一檔子事:他不是正順着大馬路走嗎,唉,一眼看見個老太

太，提着一筐子東西，累得滿頭是汗，吁吁帶喘。小坡一看，登時走過去，沒説什麼，搶過筐子便頂在頭上了。

「在那兒住哇，老太太？」

老太太一看小坡的樣兒，便知道他是個善心的孩子，喘着説：

「廣東學校旁邊。」

「好啦，跟着我走吧，老太太！」小坡頂着筐子，不用手扶，專憑脖子的微動，保持筐子的平穩。兩腳吧唧吧唧的慢慢走，因為老太太走道兒吃力，所以他不敢快走。

把老太太領到家門口——正在學校的旁邊——小坡把筐子拿下來，交給老太太。

「我怎麼謝謝你呢？」老太太心中很不過意，「給你兩個銅子買糖吃？還是給你一包瓜子兒？」老太太的筐中有好幾包瓜子。

小坡手，腳，腦袋一齊搖，表示決定不要。老太太是很愛他，非給他點東西不可。

「這麼辦吧，老太太！」小坡想了一會兒，説，「不用給我東西，趕明兒我不留心把衣裳弄髒了的時候，我來請你給收拾收拾，省得回家招媽媽生氣，好不好？你要是上街買東西，看見了我，便叫我一聲，我好替你拿着筐子。我叫小坡，是媽媽由小坡的電線杆旁邊撿來的。妹妹叫仙坡，是白鬍子老仙送給媽媽的。南星很有力量，張禿子也很厲害，可是他們都怕我的腦袋！」小坡拍了拍

腦門，「媽媽説，我的頭能頂一千多斤！我的腦袋不怕別的，就怕三多家中糟老頭子的大煙袋鍋子！南星頭上還腫着呢！」

「哎！哎！夠了！夠了！」老太太笑着説，「我的記性不好，記不住這麼些事。」

「不認識南星？老太太！」小坡問。

老太太搖了搖頭，然後説：「你叫小坡，是不是？好，我記住了。你去吧，小坡，謝謝你！」

小坡向老太太鞠躬，過於慌了，腦袋差點碰在牆上。

「老太太不認識南星，真奇怪！」小坡向學校裏走。

到了學校，先生正教國語教科書的一課——輪船。

看見小坡進來，先生假裝沒看見他。等他坐好，先生才問：

「小坡，上那兒啦？」

「幫着老太太拿東西來着，她怪可憐的，拿着滿滿的一筐子東西！她要給我一包瓜子兒，我也沒要！」

「你不愛吃瓜子，為什麼不給我帶來？」張禿子説。

「少説話，張禿子！」先生喊。

「壞禿子！張禿子！」小英還**懷恨着張禿子**[1]呢。

「不准出聲，小英！」先生喊，教鞭連敲講桌。

「聽着先生一個人嚷！」大家一齊説。

---

[1] **懷恨着張禿子**：小英説張禿子曾打了她，還搶去了一隻小紙船。

「氣死！哎呀，氣死」先生不住搖頭，又吃了個粉筆頭兒。吃完，似乎又要睡去。

「小英，先生講什麼呢？」小坡問。

「輪船。張禿子！」小英始終沒忘了張禿子。

「輪船在那兒呢？」小坡問。

「書上呢。張禿子！」

小坡忙掀開書本，哎！只有一片黑字兒，連個輪船圖也沒有。他心裏説，講輪船不到碼頭去看，真有點傻！

「先[1]——！我到碼頭上看看輪船去吧！」小坡向先生要求。

「先生——！我也去！」張禿子説。

「我也跟小坡去！不許張禿子去！」小英説。

「先生——！你帶我們大家去吧！」大家一齊喊。

先生不住的搖頭：「氣死！氣死！」

「海岸上好玩呀，先——！」小坡央告。

「氣死！」先生差不多要哭了。

「先生，那裏輪船很多呀！走哇！先生！」大家一齊央告。

「不准張禿子去呀，先生！」小英説。

「下午習字課不上了，誰愛看輪船去誰去！哎呀，氣

---

① **先**：即先生、老師的意思。故事裏的小坡叫老師時，向來不叫「先生」，只是把「先」字拉長一點。

死！現在好好的聽講！」先生說。

大家看先生這樣和善，允許他們到海岸去，立刻全一聲不發，安心聽講。

你們看小坡！喝！眉毛擰在一塊兒，眼睛盯着書本，像兩把小錐子，似乎要把教科書鑽兩個窟窿。鼻子也抽抽着一塊，好像鈔票上的花紋。嘴兒並得很嚴，上下牙咬着動，腮上微微的隨着動。兩耳好似掛着條橡皮筒兒，專接受先生的話，不聽別的。一手按着書角，一手不知不覺的有時在鼻下搓一陣，有時往下撕幾根眉毛，有時在空中寫個字。兩腳的十趾在地上抓住，好像唯恐地板跑了似的。喝！可了不得！這樣一用心，好像在頭的旁邊又長出個新腦袋來。舊頭中的南星，三多，送殯，等等事故兒，在新頭中全沒有地位；新頭中只有字，畫，書。沒有別的。這個新頭一出來，心中便咚咚的跳：唯恐聽不清先生的話，唯恐記不牢書上的字。這樣提心吊膽的，直到聽見下堂的鈴聲，這個新頭才咘的一下，和舊頭聯成一氣，然後跳着到操場去玩耍。

下課回家吃飯。吃完，趕快又跑回學校來，腮上還掛着一個白米粒兒。同學們還都沒回來，他自己找先生去：

「先──，我到碼頭看輪船去了！」

「去吧，小坡！早點回來，別誤了上第二堂！」

「聽見了，先──！」小坡笑着跑出來。

碼頭離學校不遠，一會兒就跑到了。喝！真是好看！

　　海水真好看哪！你看，遠處是深藍色的，平，遠，遠，遠，一直到一列小山的腳下，才捲起幾道銀線兒來，那一列小山兒是深綠的，可是當太陽被浮雲遮住的時候，它們便微微掛上一層紫色，下面綠，峯上微紅，正像一片綠葉托着幾個小玫瑰花菁葖。同時，山下的藍水也罩上些玫瑰色兒，油汪汪的，紫溶溶的，把小船上的白帆也弄得有點發紅，好像小姑娘害羞時的臉蛋兒。

　　稍近，陽光由浮雲的邊上射出一把兒來，把海水照得碧綠，比新出來的柳葉還嬌，還嫩，還光滑。小風兒吹過，這片嬌綠便折起幾道細碎而可憐兒的小白花。

再近一點，綠色更淺了，微微露出黃色來。

遠處，忽然深藍，忽然淺紫；近處，一塊兒嫩綠，一塊兒嬌黃；隨着太陽與浮雲的玩弄，換着顏色兒。世上可還有這樣好看的東西！

小燕兒們由淺綠的地方，飛，飛，飛，飛到深藍的地方去，在山前變成幾個小黑點兒，在空中舞弄着。

小白鷗兒們東飛一翅，西張一眼；又忽然停在空中，好像盤算着什麼事兒；又忽然一抿翅兒，往下一扎，從綠水上抓起一塊帶顏色的東西，不知道是什麼。

離岸近的地方，水還有點綠色；可是不細看，它是一片油糊糊的淺灰，小船兒來了，擠起一片浪來，打到堤下的黃石上，濺起許多白珠兒。嘩啦嘩啦的響聲也很好聽。

漁船全掛着帆，一個跟着一個，往山外邊搖，慢慢浮到山口外的大藍鏡面上去。

近處的綠水上，一排排的大木船下着錨，桅杆很高，齊齊的排好，好似一排軍人舉着長槍。還有幾排更小的船兒，一個挨着一個，艙背圓圓的，好像聯成一氣的許多小駱駝橋兒，又好像一羣彎着腰兒的大黑貓。

小輪船兒，有的杏黃色，有的淺藍色，有的全黑，有的雜色，東一隻西一艘的停在那裏。有的正上貨，嘩啦，嘩啦，嘩——鶴頸機發出很脆亮的響聲。近處，嘩啦，嘩啦，嘩——；遠處，似乎由小山那邊來的，也嘩啦，嘩啦，嘩——，但是聲音很微細。船上有掛着一面旗的，有

飄着一串各色旗的。煙筒上全冒着煙，有的黑嘟嘟的，有的只是一些白氣。

另有些小船，滿載着東西，向大船那邊搖。船上搖槳的有裹紅頭巾的印度，有戴大竹笠的中國人。還有些小摩托船嘟嘟的東來西往，好像些「無事忙」。

船太多了！大的小的，高的矮的，醜的俊的，長的短的。然而海中並不顯出狹窄的樣兒，全自自然然的停着，或是從容的開着，好像船越多海也越往大了漲。聲音也很多，笛聲，輪聲，起重機聲，人聲，水聲；然而並不覺得嘈雜刺耳；好似這片聲音都被平靜的海水給吸收了去，無論怎麼吵也吵不亂大海的莊嚴靜寂。

小坡立在岸上看了一會兒。雖然這是他常見的景物，可是再叫他看一千回，一萬回，他也看不膩。每回來到此處，他總想算一算船的數目，可是沒有一回算清過。一，二，三，四，五……五十。哼，數亂了！再數：一五，一十，十五，十五加五是多少？不這樣幹了，用八來算吧！一八，二八十六，四八四十八，五八──！嘻！一輩子也記不清五八是多少！就算五八是一百吧，一百？光那些小船就得比一百還多！沒法算！

有一回，父親帶他坐了個小摩托船，繞了新加坡一圈兒。小坡總以為這些大船小船也都是繞新加坡一周的，不然，這裏哪能老有這麼多船呢？一定是早晨開船，繞着新加坡走，到晚上就又回到原處。所以他和南星商議過多少

次，才決定了：

「火車是跑直線的，輪船是繞圈兒的。」

「我要是能跳上一隻小船去，然後，哧！再跳到一隻大船上去，在船上玩半天兒，多麼好！」小坡心裏說。說完，在海岸上，手向後伸，腿兒躬起，哧！跳出老遠。「行了，只要我能進了碼頭的大門，然後，哧！一定能跳上船去！一定！」他唸唸道道的往碼頭大門走。走到門口，小坡假裝看着別處，嘴裏哼唧的，「滿不在乎」似的往裏走。

哼！眼前擋住隻大黑毛手！小坡也沒看手的主人——準知道是印度巡警！大拇腳趾頭一撚，便轉過身來，對自己說：「本不想進去嗎！這邊船小，咱到那邊看大的去！」他沿着海岸走，想到大碼頭去：「不近哪，來，跑！」心裏一想，腳上便加了勁，一直跑到大碼頭那邊。

哼！一，二，三，四，那麼些個大門全有巡警把着！

他背着手兒，低着頭，來回走了幾趟。偷眼一看，哼！巡警都看着他呢。

來了個馬來人，頭上頂着一筐子「紅毛丹」和香蕉什麼的。小坡知道馬來人是很懶的，於是走過去，給他行了個舉手禮，說：「我替你拿着筐子吧？先生！」

馬來人的嘴，咧開一點，露出幾個極白的牙來。沒說什麼，把筐子放在小坡的頭上。小坡得意洋洋，腳抬得很高，走進大門。小坡也不知為什麼，這樣白替人作工，總

覺得分外的甜美有趣。

喝！好熱鬧！賣東西的真不少：穿紅裙的小印度，頂着各樣顏色很漂亮的果子。戴小黑盔兒的阿拉伯人提着小錢口袋，見人便問「換錢」？馬來人有的抱着幾匣呂宋煙，有的提着幾個大榴槤。地上還有些小攤兒，玩藝兒，牙刷牙膏，花生米，大花絲巾，小銅鈕子……五光十色的很花哨。

小坡把筐子放下。馬來人把「紅毛丹」什麼的都擺在地上，在旁邊一蹲，也不吆喝，也不張羅，好似賣不賣沒什麼關係。

小坡細細的把地上的東西看了一番，他最愛一個馬來人擺着的一對大花蛤殼兒。有兩本郵票也很好玩，但是比蛤殼差多了。他心裏說：假如這些東西可以白拿，我一定拿那一對又有花點，又有小齒，又有彎彎扭扭的小兜的蛤殼！可惜，這些東西不能白拿！等着吧，等長大了有錢，買十對八對的！幾兒才可以長大呢？

啊！到底是這裏，輪船有多麼大呀！都是長，長，長的大三層樓似的玩藝兒！看煙筒吧，比老樹還粗，比小塔兒還高！

一，二，三，四……又數不過來了！

看靠岸這隻吧！人們上來下去，前後的起重機全嘩啦啦的響着，船旁的小圓窟窿還嘩嘩的往外流水，真好玩！哎呀，怎能上去看看呢？小坡想了一會兒，回去問那個馬

來人：「我拿些『紅毛丹』上船裏賣去，好不好？」

馬來人搖了搖頭。

小坡歎了口氣，回到大船的跳板旁邊去等機會。

跳板旁有兩個人把着。這真難辦了！等着，只好等着！

不大一會兒，兩個人中走去了一個。小坡的黑眼珠裏似乎開了兩朵小花，心裏說：「有希望！」慢慢往前湊合，手摸着鐵欄杆，嘴中哼唧着。那個人看了他一眼，他手摸着鐵欄，口中哼唧着，又往回走；走了幾步，又往前湊。又假裝扶在鐵欄上，往下看海水：喝，還有小魚呢。又假裝抬起頭來看船：哼，大船一身都是眼睛，可笑！——他管艙房的小圓窗叫眼睛。他斜着眼看了看那個人，哼！紋絲兒不動，在那裏站着，好像就是給他一百個橘子，他也不肯躲開那裏！小坡真急了！非上去看看不可！

地上有塊橘子皮，小坡眼看着船身，一腳輕輕的推那塊皮，慢慢，慢慢，推到那個人的腳後邊。

「喝！可了不得！」小坡忽然用手指着天，撒腿就跑。

那個人不知是怎麼了，也仰着頭，跟着往前跑，他剛一跑，小坡，手還指着天，又跑回來了。那個人，頭還是仰着，也趕緊往回跑。噗！嗞——哪！他被橘子皮滑出老遠，然後老老實實的摔在地上。

小坡嗞溜的一下，跑上跳板去。

到了船上，小坡趕快挺直了腰板，大大方方的往裏走。船上的人們一看這樣體面的小孩，都以為他是新上來的旅客，也就不去管他。你看，小坡心裏這個痛快！

　　喲！船上原來和家裏一樣啊！一間一間的小白屋子，有牀，有風扇，有臉盆架兒。在水上住家，這夠多麼有意思呢！等着，長大了我也蓋這麼一所房子，父親要打我的時候，咦，我就到水房子裏住幾天來！還有飯廳呢！地上鋪着地毯，四面都有大鏡子！照着鏡子吃飯，看着自己的嘴一張一閉，也好玩！還有理髮所呢！在海上剪剪髮，然後跳到海中洗洗頭，豈不痛快！洗完了頭，跑到飯廳吃點咖哩雞什麼的，真自在呀！

　　小坡一間一間的看，一直看到後面的休息室。這裏還有鋼琴呢！有幾個老太太正在那裏寫字。啊，這大概是船上的學校，趕緊躲開她們，抓住我叫我寫字，可不好受！

　　轉過去，已到船尾。哈，看這間小屋子喲！裏面還有大輪子，小棍兒的，咚咚的直響。水房子上帶工廠，可笑！我要是蓋水房子呀，一定不要工廠：頂好在那兒挖個窟窿，一直通到海面上，沒事兒在那裏釣魚玩，倒不錯！

　　小屋的旁邊有個小窄鐵梯，上去看看。上面原來還有一層樓呢。兩旁也都是小屋子，又有一個飯廳……回去告訴南星，他沒看見過這些東西。趕明兒他一提火車，我便說水屋子！

　　看那個鐵玩藝兒，在空中忽忽悠悠的往起拉大木箱，

大麻口袋。看這羣人們這個嚷勁！不知道拉這些東西幹什麼，但是也很有趣味！

扶在欄杆上看看吧。遠處的小山，下面的海水，看着更美了，比在岸上看美的多！開了一隻船，悶——悶！汽笛兒叫着。船上的人好像都向他搖手兒呢，他也向他們搖手。看船尾巴拉着那一溜白水浪兒，多麼好看！看那羣白鳥跟着船飛，多麼有意思！

正看得高興，背上來了隻大手，抓住他的小褂。小坡歪頭一看，得！看跳板的那個傢伙！那個人一聲沒發，抓起小坡便走；小坡也一聲不發，腳在空中飄搖着，也頗有意味。

下了跳板，那個人一鬆手，小坡摔了個「芥末蹲」兒。

「謝謝你啊！」小坡回着頭兒說。

## 生日

星期日，小坡早晨起來稍微晚一點。

一睜眼，有趣，蚊帳上落着個大花蛾子。他輕輕掀起帳子，蛾子也沒飛去。「蛾子，你還睡哪？天不早啦！」蛾子的絨鬍兒微微動了動，似乎是說：「我還得睡一會兒呢！」

妹妹仙坡還睡得很香甜，一隻小胖腳在花毯邊上露着，五個腳趾伸伸着，好似一排短圓的花瓣兒。有個血點

紅的小蜻蜓正在她的小瓣兒上落着。小坡掀起帳子看了看妹妹，沒敢驚動她，只低聲的説：「小蜻蜓，你把咬妹妹的蚊子都吃了吧？謝謝你呀！」

他去沖涼洗臉。

沖涼回來，妹妹還睡呢。他找來石板石筆，想畫些圖兒，等妹妹醒了給她看。畫什麼呢？畫小兔吧？不！回回畫小兔，未免太貧了。畫妹妹的腳？對！他拿着石板，一眼斜了妹妹的腳，一眼看着石板，照貓畫虎的畫。畫完了，細細的和真腳比了一比；不行，趕快擦去吧！叫妹妹看見，她非生氣不可。鬧了歸齊，只畫上四個腳趾！再補上一個吧，就非添在腳外邊不可，因為四個已經佔滿了地方。

還是畫小兔吧，到底有點拿手。把腳擦去，坐在牀沿上，聚精會神的畫。畫了又擦，擦了再畫，出了一鼻子汗，才畫成一隻小兔的偏身。兩個耳朵像一對小棒槌，一個圓身子，兩條短腿兒，一個小嘴，全行了；但是只有一隻眼睛，可怎麼辦呢？要是只畫小兔的前臉嗎，當然可以像寫「小」字似的，畫出一個鼻子兩隻眼。可是這樣怎麼畫兔身子呢？小兔又不是小人，可以在臉下畫身子，胳臂，腿兒。沒有法子，只好畫偏身吧，雖然短着一隻眼睛，到底有身子什麼的呀！

他抱着石板，想了半天，啊，有主意了！在石板的那邊畫上一隻眼，豈不是湊成兩隻！對！於是將石板翻過

來，畫上一隻眼，很圓，頗像個小圓糖豆兒。

畫完了，把石板放在地板上，自己趴下學兔兒：東聞一聞，西跳一跳，又用手前後的拉耳朵，因為兔耳是會動彈的。跳着跳着把妹妹跳醒了。

「幹什麼呢，二哥？」仙坡掀起帳子問。

「別叫我二哥了，我已經變成一個小兔！看我的耳朵，會動！」他用手撥弄着耳朵。

「來，我也當兔兒！」仙坡光着腳下了牀。

「仙！兔兒有幾隻眼睛？」

「兩隻。」仙坡蹲在地上，開始學兔兒。

「來，看這個。」小坡把石板拿起來，給妹妹看：「像不像？」仙坡點頭説：「真像！」

「再看，細細的看。」他希望妹妹能挑出錯兒來。

「真像！」仙坡又重複了一句。

「幾隻眼？」

「一隻。」

「小兔有一隻眼睛行不行？」他很得意的問。

「行！」

「為什麼？」小坡心裏説，「妹妹有點糊塗！」

「三多家裏的老貓就是一隻眼，怎麼不行？」

「不行！貓也都應當有兩隻眼，一隻眼的貓不算貓，算——」小坡一時想不起到底算什麼。

幸而仙坡沒往下問，她説：「非有兩隻不行嗎，為什

麼你畫了一隻？」

「一隻？誰說的？我畫了兩隻！」

「兩隻！那一隻在那兒呢？」

「這兒呢！」小坡把石板一翻過兒，果然還有一隻圓眼，像個小圓糖豆兒。

「喲！可不是嗎！」仙坡樂得把手插在腰間，開始跳舞。

小坡得意非常，又在石板上畫了隻圓眼，說：「仙，這只是給三多家老貓預備的。趕明兒三多一說他的老貓短着眼睛，咱們就告訴他，還有一隻呢！他一定問，在那兒呢？咱們就說，在石板上呢。好不好？」

「好！」仙坡停止了跳舞，「趕明兒我拿着石板找老貓去。見了牠，我就說，我就說，」她想了一會兒，「瞎貓來呀！」

「別叫牠瞎貓，牠不愛聽！」小坡忙着插嘴，「這麼說，貓先生來呀？」

「對了，我就說，貓先生來呀！沒有給你帶來什麼好吃的，只帶來一隻眼睛，你看合適不合適？」

「別問牠，石板上的眼睛也許太大一點！」小坡說。

仙坡拿起石板，比畫着說：「請過來呀，瞎——呸，貓先生！牠一過來，我就把石板放在牠的臉前面。聽着！忽——的一聲，這隻眼便跳上老貓臉上去，老貓從此就有兩隻眼，你看牠喜歡不喜歡！」

「也不一定！」小坡想了想，「萬一老貓嫌有兩隻眼太費事呢？你看，仙，有一個眼也不壞，睡覺的時候，只閉一隻，醒了的時候，只睜一隻，多麼省事！尤其是看萬花筒的時候，不用費事閉上一隻，是不是？」

「也對！」仙坡說，並沒有明白小坡的意思。

「吃粥來——！」媽媽的聲音。

「仙還沒洗臉呢！」小坡回答。

「快去洗！」媽媽說。

「快來，仙！快着！」小坡背起妹妹，去幫着她洗臉。

洗了臉回來，父親母親哥哥都已坐好，等着他們呢。

小坡仙坡也坐下，母親給大家盛粥。

小坡剛要端碗，母親說了：

「先給父親磕頭吧！」

「為什麼呢？」小坡問。

「今天是你的生日，傻子！」媽媽說。

「鞠躬行不行？」

「不行！」媽媽笑着說。

「過新年的時候，不是大家鞠躬嗎？」小坡問妹妹。妹妹看了父親一眼。

「非磕頭不可呀！新年是新年。生日是生日！養活你們這麼大，不給爸爸磕頭？好！磕！沒話可說！」父親說，微微帶着笑意。

小坡不敢違背父親的命令，跪在地上，問：「磕幾個呢？」

「四八四十八個。」仙坡説。

「磕三個吧。」媽媽説。

小坡給父親磕完，剛要起來，父親説：

「不用起來，給媽媽磕！」

小坡又給母親磕了三個頭，剛要起來，哥哥説：

「還有我呢！」

小坡假裝沒聽見，站起來，對哥哥説：

「你要是叫我看看你的圖畫，我就給你磕！」

「偏不給你看！愛磕不磕！」哥哥説。

小坡不再答理哥哥，回頭對妹妹説：

「仙，該給你磕了！」説着便又跪下了。

「不要給妹妹行大禮，小坡！」媽媽笑了，父親也笑了。

「非磕不行，我愛妹妹！」

「來，我也磕！」仙坡也忙着跪在地上。

「咱們倆一齊磕，來，一，二，三！」小坡高聲的喊。

兩個磕起來了，越磕越高興：「再來一個！」、「哎，再來一個！」隨磕隨往前湊，兩個的腦門頂在一處，就手兒頂起牛兒來，小坡沒有使勁，已經把妹妹頂出老遠去。

「好啦！好啦！快起來吃粥！」媽媽說。

兩個立起來，媽媽給他們擦了手，大家一同吃粥。平日的規矩是：粥隨便喝，油條是一人一根，不准多拿。今天是小坡的生日，油條也隨便吃，而且有四碟小菜。小坡不記得吃了幾根油條，心裏說：多咱把盤子吃光，多咱完事！可是，忽然想起來：還得給陳媽留兩條呢，二喜也許要吃呢！於是對哥哥說：

「不要吃了，得給陳媽留點兒！」

父親聽小坡這樣說，笑了笑，說：「這才是好孩子！」

小坡聽父親誇獎他，心中非常高興，說：「父親，帶我們到植物園看猴子去吧！」

哥哥也說：「下午去看電影吧！」

妹妹也說：「現在去看猴子，下午去看──」她說不上「電影」來，因為沒有看過。

父親今天不知為什麼這樣喜歡，全答應了他們：「快去換衣裳，趁着早晨涼快，好上植物園去。仙坡，快去梳小辮兒。」

大家慌着忙着全去預備。

哥哥和小坡全穿上白制服，戴上童子軍帽，還都穿上皮鞋。妹妹穿了一身淺綠綢衣褲，沒穿襪子，穿一雙小花鞋。兩條辮兒梳得很光，還戴着一朵大紅鮮花。

坐了一截車，走了一截，他們遠遠望見綠叢叢一片，

已是植物園。

「園中的花木沒有一棵好看的，就是好看吧，誰又有工夫去看呢！」小坡這樣想，「破棕樹葉子！破紅花兒！猴子在哪兒呢？」越找不到猴，越覺得四面的花草不順眼。「猴子！出來呀！」

「我看見了一條小尾巴！」仙坡說。

「那兒呢？」

「在椰子樹上繞着呢！」

「哎喲！可不是嗎！一個小猴，在椰子下面藏着哪！小猴——！小猴——！快來吃花生！」

哥哥拿着許多香蕉，妹妹有一口袋花生，都是預備給猴子吃的。

三個人，把父親落在後邊，一直跑下去。

一片密樹林，小樹擠着老樹，老樹帶着藤蔓。小細檳榔樹，沒地方伸展葉子，拚命往高處鑽，腰裏掛着一串檳榔，腳下圍着無數的小綠棵子。密密匝匝，枝兒搭着枝兒，葉子挨着葉子，涼颼颼的搖成一片綠霧。蟲兒不住吱吱的叫，叫得那麼怪好聽的。哈哈，原來這兒是猴子的家呀！看樹幹上，樹枝上，葉兒底下，全藏着個小猴！喝！有深黃的，有淺灰的，有大的，有小的，有不大不小的，全鬼頭魔兒眼的，又淘氣，又可愛。頂可愛的是母猴兒抱着一點點的小猴子，整跟老太太抱小孩兒一樣。深灰色的小毛猴真好玩，小圓腦袋左右搖動，小手兒摸摸這裏，抓

抓那裏，沒事兒瞎忙。當母猴在樹上跳，或在地上走的時候，小猴就用四條腿抱住母親的腰，小圓頭頂住母親的胸口，緊緊的抱住，唯恐掉下來。真有意思！

妹妹往地上撒了一把落花生。喝，東南西北，樹上樹下，全嘰嘰的亂叫，來了，來了，一五，一十，一百……數不過來。有的搶着一個花生，登時坐下就吃，吃得香甜有味，小白牙咯哧咯哧咬得又快又好笑。有的搶着一個，登時上了樹，坐在樹杈上，安安穩穩的享受。有的搶不着，便撅着尾巴向別人搶，引起不少的小戰爭。

大坡是專挑大猴子給香蕉吃。仙坡是專送深黃色的餵花生，父親坐在草地上看着，嘻嘻的笑。小坡可忙了，前後左右亂跳，幫着小猴兒搶花生。大猴子一過來對弱小的示威，小坡便跑過去：「你敢！不要臉！」大猴子急了，直向小坡齜牙，小坡也怒了：「你來，跟你幹幹！張禿子都怕我的腦袋，不用說你這猴兒頭了！」一個頂小的猴兒，搶不着東西，坐在一旁要哭似的。小坡過去由哥哥手裏奪過一隻香蕉：「來！小猴兒，別哭啊！就在這兒吃吧，省得叫別人搶了去！」小猴子雙手抱着香蕉，一口一口的吃，吃得真香；小坡的嘴也直冒甜水兒！

大猴子真怕了小坡，躲他老遠，不敢過來。有的竟自一生氣，抓着一個樹枝，三悠兩擺到樹枝上坐着生氣去了。有的把尾巴捲在樹上，頭兒倒懸，來個珍珠倒捲簾。然後由樹上溜下來。

花生香蕉都沒啦。又來了一羣小孩，全拿着吃食來餵他們。又來了兩輛汽車，也都停住，往外扔果子。

小坡們都去坐在父親旁邊看着，越看越有趣，好像再看十天八天的也不膩煩！

有些小猴似乎是吃飽了，退在空地方，彼此打着玩。你咬我的耳朵，我抓你的尾巴，打得滿地亂滾。有時候，一個遮住眼，一個偷偷的從後面來抓。遮眼的更鬼道，忽然一回身，把後面的小猴，一下捏在地上。然後又去遮上眼，等着……

有的一羣小猴在一條樹枝上打鞦韆，掄，掄，掄，把梢頭上的那個掄下去。他趕快又上了樹，又掄，把別人掄下去。

有的老猴兒，似乎不屑於和大家爭吵，穩穩當當的，禿眉紅眼的，坐在樹幹上，抓抓脖子，看看手指，神氣非常老到。

「該走了！」父親說。

沒人答應。

又來了一羣小孩，也全拿着吃食，猴子似乎也更多了，不知道由那兒來的，越聚越多，也越好看。

「該走了！」父親又說。

沒人應聲。

待了一會兒，小坡說：「仙，看那個沒有尾巴的，折跟頭玩呢！」

「喲！他怎麼沒有尾巴呢？」

「叫理髮館裏的伙計剪了去啦！」哥哥説。

「嘸！」小坡仙坡一齊説。

「該走了！」父親把這句話説到十多回了。

大家沒言語，可是都立起來，又立着看了半天。

「該走了！」父親説完，便走下去。

大家戀戀不捨的一邊走，一邊回頭看。

到花室，蘭花開得正好，小坡説，蘭花沒有小猴那麼好看。到河邊，子午蓮，紅的，白的，開得非常美麗。仙坡説，可惜河岸上沒有小猴！到棕園，小坡看着大棕葉，叫道，小猴兒別藏着了，快下來吧！叫了半天，原來這裏並沒有猴子！他歎了一口氣！

午飯前，到了家中。小坡顧不得脫衣服，一直跑到廚房，把猴兒的事情全告訴了媽媽。媽媽好像一輩子沒看過猴子，點頭咂嘴的聽着。告訴完了媽媽，又和陳媽説了一遍。陳媽似乎和猴兒一點好感沒有，只顧切菜，不好好的聽着。於是小坡只好再告訴媽媽一遍。

仙坡也來了，她請求媽媽去抱一個小猴來。

媽媽説，仙坡小時候和小猴兒一樣。仙坡聽了非常得意。小坡連忙問媽媽，他小時候像猴兒不像。

媽媽説，小坡到如今還有點猴氣。小坡也非常得意。

賞析

　　這是老舍最著名的長篇童話作品，作品以生活在南洋的男孩小坡和他的妹妹為主人公，講述了小坡和一羣猴子之間發生的有趣故事，故事後半段完全是小坡的夢境，但也隱含了作者對南洋種種現實弊端的嘲諷。老舍先生在《我怎樣寫〈小坡的生日〉》一文中說道：「希望還能再寫一兩本這樣的小書，寫這樣的書使我覺得年輕，使我快活；我願永遠作『孩子頭兒』。對過去的一切，我不十分敬重；歷史中沒有比我們正在創造的這一段更有價值的。我愛孩子，他們是光明……」

　　《小坡的生日》文筆簡潔、格調活潑，富有想像與幻想的成分。同時作家運用象徵與比喻的手法來說出了自己對許多問題的看法。老舍在作品中所反映的時代精神，以及對新加坡乃至整個世界未來走向的預言，是難能可貴的。

# 小說篇

　　自從他頭一天拉車，他就決定買上
自己的車，現在還是為這個志願整天的
苦奔；有了自己的車，他以為，就有了
一切。

# 駱駝祥子（節選）

## 一

我們所要介紹的是祥子，不是駱駝，因為「駱駝」只是個外號；那麼，我們就先說祥子，隨手兒把駱駝與祥子那點關係說過去，也就算了。

北平的洋車夫有許多派：年輕力壯，腿腳靈利的，講究賃①漂亮的車，拉「整天兒」，愛什麼時候出車與收車都有自由；拉出車來，在固定的「車口」②或宅門一放，專等坐快車的主兒；弄好了，也許一下子弄個一塊兩塊的；碰巧了，也許白耗一天，連「車份兒」③也沒着落，但也不在乎。這一派哥兒們的希望大概有兩個：或是拉包車；或是自己買上輛車，有了自己的車，再去拉包月或散座就沒大關係了，反正車是自己的。

比這一派歲數稍大的，或因身體的關係而跑得稍差點勁的，或因家庭的關係而不敢白耗一天的，大概就多數的

---

① **賃**：租用。賃 lìn，粵音任。
② **「車口」**：即停車的地方。
③ **「車份兒」**：車子的租金。

拉八成新的車；人與車都有相當的漂亮，所以在要價兒的時候也還能保持住相當的尊嚴。這派的車夫，也許拉「整天」，也許拉「半天」。在後者的情形下，因為還有相當的精氣神，所以無論冬天夏天總是**「拉晚兒」**①。夜間，當然比白天需要更多的留神與本事；錢自然也多掙一些。

年紀在四十以上，二十以下的，恐怕就不易在前兩派裏有個地位了。他們的車破，又不敢「拉晚兒」，所以只能早早的出車，希望能從清晨轉到午後三四點鐘，拉出「車份兒」和自己的**嚼穀**②。他們的車破，跑得慢，所以得多走路，少要錢。到瓜市，果市，菜市，去拉貨物，都是他們；錢少，可是無須快跑呢。

在這裏，二十歲以下的——有的從十一二歲就幹這行兒——很少能到二十歲以後改變成漂亮的車夫的，因為在幼年受了傷，很難健壯起來。他們也許拉一輩子洋車，而一輩子連拉車也沒出過風頭。那四十以上的人，有的是已拉了十年八年的車，筋肉的衰損使他們甘居人後，他們漸漸知道早晚是一個跟頭會死在馬路上。他們的拉車姿式，講價時的隨機應變，走路的抄近繞遠，都足以使他們想起過去的光榮，而用鼻翅兒扇着那些後起之輩。可是這點光榮絲毫不能減少將來的黑暗，他們自己也因此在擦着汗的

---

① **「拉晚兒」**：下午四點以後出車，拉到天亮以前才收車。
② **嚼穀**：指維持生活的費用。

時節常常微歉。不過，以他們比較另一些四十上下歲的車夫，他們還似乎沒有苦到了家。這一些是以前決沒想到自己能與洋車發生關係，而到了生和死的界限已經不甚分明，才抄起車把來的。被撤差的巡警或校役，把本錢吃光的小販，或是失業的工匠，到了賣無可賣，當無可當的時候，咬着牙，含着淚，上了這條到死亡之路。這些人，生命最鮮壯的時期已經賣掉，現在再把窩窩頭變成的血汗滴在馬路上。沒有力氣，沒有經驗，沒有朋友，就是在同行的當中也得不到好氣兒。他們拉最破的車，皮帶不定一天洩多少次氣；一邊拉着人還得一邊兒央求人家原諒，雖然十五個大銅子兒已經算是甜買賣。

此外，因環境與知識的特異，又使一部分車夫另成派別。生於西苑海甸的自然以走西山，燕京，清華，較比方便；同樣，在安定門外的走清河，北苑；在永定門外的走南苑……這是跑長趟的，不願拉零座；因為拉一趟便是一趟，不屑於三五個銅子的窮湊了。可是他們還不如東交民巷的車夫的氣兒長，這些**專拉洋買賣的**①講究一氣兒由交民巷拉到玉泉山，頤和園或西山。氣長也還算小事，一般車夫萬不能爭這項生意的原因，大半還是因為這些吃洋飯的有點與眾不同的知識，他們會說外國話。英國兵，法

---

① **拉洋買賣的**：從前外國駐華使館都在東交民巷，有不少洋人，這裏的車夫多做洋人的生意，所以叫「拉洋買賣」。而這些車夫又叫「洋車夫」。

國兵，所說的萬壽山，雍和宮，「八大胡同」，他們都曉得。他們自己有一套外國話，不傳授給別人。他們的跑法也特別，四六步兒不快不慢，低着頭，目不旁視的，貼着馬路邊兒走，帶出與世無爭，而自有專長的神氣。因為拉着洋人，他們可以不穿**號坎**①，而一律的是長袖小白褂，白的或黑的褲子，褲筒特別肥，腳腕上繫着細帶；腳上是寬雙臉千層底青布鞋；乾淨，利落，神氣。一見這樣的服裝，別的車夫不會再過來爭座與賽車，他們似乎是屬於另一行業的。

有了這點簡單的分析，我們再說祥子的地位，就像說——我們希望——一盤機器上的某種釘子那麼準確了。祥子，在與「駱駝」這個外號發生關係以前，是個較比有自由的洋車夫，這就是說，他是屬於年輕力壯，而且自己有車的那一類：自己的車，自己的生活，都在自己手裏，高等車夫。

這可絕不是件容易的事。一年，二年，至少有三四年；一滴汗，兩滴汗，不知道多少萬滴汗，才掙出那輛車。從風裏雨裏的咬牙，從飯裏茶裏的自苦，才賺出那輛車。那輛車是他的一切掙扎與困苦的總結果與報酬，像身經百戰的武士的一顆徽章。在他賃人家的車的時候，他從早到晚，由東到西，由南到北，像被人家抽着轉的陀螺；

---

① **號坎**：車夫穿着的無袖對襟短衣，上面印有號碼。

他沒有自己。可是在這種旋轉之中，他的眼並沒有花，心並沒有亂，他老想着遠遠的一輛車，可以使他自由，獨立，像自己的手腳的那麼一輛車。有了自己的車，他可以不再受拴車的人們的氣，也無須敷衍別人；有自己的力氣與洋車，睜開眼就可以有飯吃。

他不怕吃苦，也沒有一般洋車夫的可以原諒而不便效法的惡習，他的聰明和努力都足以使他的志願成為事實。假若他的環境好一些，或多受着點教育，他一定不會落在「膠皮團」①裏，而且無論是幹什麼，他總不會辜負了他的機會。不幸，他必須拉洋車；好，在這個營生裏他也證明出他的能力與聰明。他彷彿就是在地獄裏也能作個好鬼似的。生長在鄉間，失去了父母與幾畝薄田，十八歲的時候便跑到城裏來。帶着鄉間小伙子的足壯與誠實，凡是以賣力氣就能吃飯的事他幾乎全作過了。可是，不久他就看出來，拉車是件更容易掙錢的事；作別的苦工，收入是有限的；拉車多着一些變化與機會，不知道在什麼時候與地點就會遇到一些多於所希望的報酬。自然，他也曉得這樣的機遇不完全出於偶然，而必須人與車都得漂亮精神，有貨可賣才能遇到識貨的人。想了一想，他相信自己有那個資格：他有力氣，年紀正輕；所差的是他還沒有跑過，與不敢一上手就拉漂亮的車。但這不是不能勝過的困難，有他的身體與力氣作基礎，他只要試驗個十天半月的，就一定能跑得有個樣子，然後去賃輛新車，說不定很快的就能拉上包車，然後省吃儉用的一年二年，即使是三四年，他必能自己打上一輛車，頂漂亮的車！看着自己的青年的肌肉，他以為這只是時間的問題，這是必能達到的一個志願

---

① 「膠皮團」：指拉車這一行。

與目的，絕不是夢想！

　　他的身量與筋肉都發展到年歲前邊去；二十來的歲，他已經很大很高，雖然肢體還沒被年月鑄成一定的格局，可是已經像個成人了——一個臉上身上都帶出天真淘氣的樣子的大人。看着那高等的車夫；他計劃着怎樣**殺進他的腰去**①，好更顯出他的鐵扇面似的胸，與直硬的背；扭頭看看自己的肩，多麼寬，多麼威嚴！殺好了腰，再穿上肥腿的白褲，褲腳用雞腸子帶兒繫住，露出那對「**出號**」②的大腳！是的，他無疑的可以成為最出色的車夫；傻子似的他自己笑了。

　　他沒有什麼模樣，使他可愛的是臉上的精神。頭不很大，圓眼，肉鼻子，兩條眉很短很粗，頭上永遠剃得發亮。腮上沒有多餘的肉，脖子可是幾乎與頭一**邊兒**③粗；臉上永遠紅撲撲的，特別亮的是顴骨與右耳之間一塊不小的疤——小時候在樹下睡覺，被驢啃了一口。他不甚注意他的模樣，他愛自己的臉正如同他愛自己的身體，都那麼結實硬棒；他把臉彷彿算在四肢之內，只要硬棒就好。是的，到城裏以後，他還能頭朝下，倒着立半天。這樣立着，他覺得，他就很像一棵樹，上下沒有一個地方不**挺脫**④的。

---

① **殺進他的腰去**：殺，勒緊。意思是用腰帶把腰勒得細一些、緊一些，跑起來更有力。
② 「**出號**」：特大。
③ **一邊兒**：即同樣的。
④ **挺脫**：結實、硬朗。

他確乎有點像一棵樹，堅壯，沉默，而又有生氣。他有自己的打算，有些心眼，但不好向別人講論。在洋車夫裏，個人的委屈與困難是公眾的話料，「車口兒」上，小茶館中，大雜院裏，每人報告着形容着或吵嚷着自己的事，而後這些事成為大家的財產，像民歌似的由一處傳到一處。祥子是鄉下人，口齒沒有城裏人那麼靈便；設若口齒靈利是出於天才，他天生來的不願多說話，所以也不願學着城裏人的貧嘴惡舌。他的事他知道，不喜歡和別人討論。因為嘴常閒着，所以他有工夫去思想，他的眼彷彿是老看着自己的心。只要他的主意打定，他便隨着心中所開開的那條路兒走；假若走不通的話，他能一兩天不出一聲，咬着牙，好似咬着自己的心！

　　他決定去拉車，就拉車去了。賃了輛破車，他先練練腿。第一天沒拉着什麼錢。第二天的生意不錯，可是躺了兩天，他的腳脖子腫得像兩條瓠子似的，再也抬不起來。他忍受着，不管是怎樣的疼痛。他知道這是不可避免的事，這是拉車必須經過的一關。非過了這一關，他不能放膽的去跑。

　　腳好了之後，他敢跑了。這使他非常的痛快，因為別的沒有什麼可怕的了：地名他很熟習，即使有時候繞點遠也沒大關係，好在自己有的是力氣。拉車的方法，以他幹過的那些推，拉，扛，挑的經驗來領會，也不算十分難。況且他有他的主意：多留神，少爭勝，大概總不會出

了毛病。至於講價爭座，他的嘴慢氣盛，弄不過那些老油子們。知道這個短處，他乾脆不大到「車口兒」上去；哪裏沒車，他放在哪裏。在這僻靜的地點，他可以從容的講價，而且有時候不肯要價，只說聲：「坐上吧，瞧着給！」他的樣子是那麼誠實，臉上是那麼簡單可愛，人們好像只好信任他，不敢想這個傻大個子是會敲人的。即使人們疑心，也只能懷疑他是新到城裏來的鄉下老兒，大概不認識路，所以講不出價錢來。及至人們問到，「認識呀？」他就又像裝傻，又像要俏的那麼一笑，使人們不知怎樣才好。

　　兩三個星期的工夫，他把腿溜出來了。他曉得自己的跑法很好看。跑法是車夫的能力與資格的證據。那撇着腳，像一對蒲扇在地上扇乎的，無疑的是剛由鄉間上來的新手。那頭低得很深，雙腳蹭地，跑和走的速度差不多，而頗有跑的表示的，是那些五十歲以上的老者們。那經驗十足而沒什麼力氣的卻另有一種方法：胸向內含，度數很深；腿抬得很高；一走一探頭；這樣，他們就帶出跑得很用力的樣子，而在事實上一點也不比別人快；他們仗着「作派」去維持自己的尊嚴。祥子當然決不採取這幾種姿態。他的腿長步大，腰裏非常的穩，跑起來沒有多少響聲，步步都有些伸縮，車把不動，使座兒覺到安全，舒服。說站住，不論在跑得多麼快的時候，大腳在地上輕蹭兩蹭，就站住了；他的力氣似乎能達到車的各部分。脊背

微俯，雙手鬆鬆攏住車把，他活動，利落，準確；看不出急促而跑得很快，快而沒有危險。就是在拉包車的裏面，這也得算很名貴的。

他換了新車。從一換車那天，他就打聽明白了，像他賃的那輛——弓子軟，銅活地道，雨布大簾，雙燈，細脖大銅喇叭——值一百出頭；若是漆工與銅活**含忽**①一點呢，一百元便可以打住。大概的説吧，他只要有一百塊錢，就能弄一輛車。猛然一想，一天要是能剩一角的話，一百元就是一千天，一千天！把一千天堆到一塊，他幾乎算不過來這該有多麼遠。但是，他下了決心，一千天，一萬天也好，他得買車！第一步他應當，他想好了，去拉包車。遇上交際多，飯局多的**主兒**②，平均一月有上十來個飯局，他就可以白落兩三塊的車飯錢。加上他每月再省出個塊兒八角的，也許是三頭五塊的，一年就能剩起五六十塊！這樣，他的希望就近便多多了。他不吃煙，不喝酒，不賭錢，沒有任何嗜好，沒有家庭的累贅，只要他自己肯咬牙，事兒就沒個不成。他對自己起下了誓，一年半的工夫，他——祥子——非打成自己的車不可！是現打的，不要舊車見過新的。

他真拉上了包月。可是，事實並不完全幫助希望。

---

① **含忽**：含糊，敷衍。
② **主兒**：這裏是指包車的主人。

不錯，他確是咬了牙，但是到了一年半他並沒還上那個誓願。包車確是拉上了，而且謹慎小心的看着事情；不幸，世上的事並不是一面兒的。他自管小心他的，東家並不因此就不辭他；不定是三兩個月，還是十天八天，**吹了**[①]；他得另去找事。自然，他得一邊兒找事，還得一邊兒拉散座；騎馬找馬，他不能閒起來。在這種時節，他常常鬧錯兒。他還強打着精神，不專為混一天的嚼穀，而且要繼續着積儲買車的錢。可是強打精神永遠不是件妥當的事：拉起車來，他不能專心一志的跑，好像老想着些什麼，越想便越害怕，越氣不平。假若老這麼下去，幾時才能買上車呢？為什麼這樣呢？難道自己還算個不要強的？在這麼亂想的時候，他忘了素日的謹慎。皮輪子上了碎銅爛磁盤，放了炮；只好收車。更嚴重一些的，有時候碰了行人，甚至有一次因急於擠過去而把車軸蓋碰丟了。設若他是拉着包車，這些錯兒絕不能發生；一攔下了事，他心中不痛快，便有點愣頭磕腦的。碰壞了車，自然要賠錢；這更使他焦躁，火上加了油；為怕惹出更大的禍，他有時候懊睡一整天。及至睜開眼，一天的工夫已白白過去，他又後悔，自恨。還有呢，在這種時期，他越着急便越自苦，吃喝越沒規則；他以為自己是鐵作的，可是敢情他也會病。病了，他捨不得錢去買藥，自己硬挺着；結果，病越來越

---

① **吹了**：事情作罷，散了、完了的意思。

重，不但得買藥，而且得一氣兒休息好幾天。這些個困難，使他更咬牙努力，可是買車的錢數一點不因此而加快的湊足。

整整的三年，他湊足了一百塊錢！

他不能再等了。原來的計劃是買輛最完全最新式最可心的車，現在只好按着一百塊錢說了。不能再等；萬一出點什麼事再丟失幾塊呢！恰巧有輛剛打好的車（定作而沒錢取貨的）跟他所期望的車差不甚多；本來值一百多，可是因為定錢放棄了，車舖願意少要一點。祥子的臉通紅，手哆嗦着，拍出九十六塊錢來：「我要這輛車！」舖主打算擠到個整數，說了不知多少話，把他的車拉出去又拉進來，支開棚子，又放下，按按喇叭，每一個動作都伴着一大串最好的形容詞；最後還在鋼輪條上踢了兩腳，「聽聽聲兒吧，鈴鐺似的！拉去吧，你就是把車拉碎了，要是鋼條軟了一根，你拿回來，把它摔在我臉上！一百塊，少一分咱們吹！」祥子把錢又數了一遍：「我要這輛車，九十六！」舖主知道是遇見了一個心眼的人，看看錢，看看祥子，歎了口氣：「交個朋友，車算你的了；保六個月：除非你把大箱碰碎，我都白給修理；保單，拿着！」

祥子的手哆嗦得更厲害了，揣起保單，拉起車，幾乎要哭出來。拉到個僻靜地方，細細端詳自己的車，在漆板上試着照照自己的臉！越看越可愛，就是那不盡合自己的理想的地方也都可以原諒了，因為已經是自己的車了。把

車看得似乎暫時可以休息會兒了，他坐在了水簸箕的新腳墊兒上，看着車把上的發亮的黃銅喇叭。他忽然想起來，今年是二十二歲。因為父母死得早，他忘了生日是在哪一天。自從到城裏來，他沒過一次生日。好吧，今天買上了新車，就算是生日吧，人的也是車的，好記，而且車既是自己的心血，簡直沒什麼不可以把人與車算在一塊的地方。

怎樣過這個「雙壽」呢？祥子有主意：頭一個買賣必須拉個穿得體面的人，絕對不能是個女的。最好是拉到前門，其次是東安市場。拉到了，他應當在最好的飯攤上吃頓飯，如熱燒餅夾爆羊肉之類的東西。吃完，有好買賣呢就再拉一兩個；沒有呢，就收車；這是生日！

自從有了這輛車，他的生活過得越來越起勁了。拉包月也好，拉散座也好，他天天用不着為「車份兒」着急，拉多少錢全是自己的。心裏舒服，對人就更和氣，買賣也就更順心。拉了半年，他的希望更大了：照這樣下去，幹上二年，至多二年，他就又可以買輛車，一輛，兩輛……他也可以開車廠子了！

可是，希望多半落空，祥子的也非例外。

## 二

因為高興，膽子也就大起來；自從買了車，祥子跑得更快了。自己的車，當然格外小心，可是他看看自己，再

看看自己的車，就覺得有些不是味兒，假若不快跑的話。

他自己，自從到城裏來，又長高了一寸多。他自己覺出來，彷彿還得往高裏長呢。不錯，他的皮膚與模樣都更硬棒與固定了一些，而且上唇上已有了小小的鬍子；可是他以為還應當再長高一些。當他走到個小屋門或街門而必須大低頭才能進去的時候，他雖不說什麼，可是心中暗自喜歡，因為他已經是這麼高大，而覺得還正在發長，他似乎既是個成人，又是個孩子，非常有趣。

這麼大的人，拉上那麼美的車，他自己的車，弓子軟得顫悠顫悠的，連車把都微微的動彈；車箱是那麼亮，墊子是那麼白，喇叭是那麼響；跑得不快怎能對得起自己呢，怎能對得起那輛車呢？這一點不是虛榮心，而似乎是一種責任，非快跑，飛跑，不足以充分發揮自己的力量與車的優美。那輛車也真是可愛，拉過了半年來的，彷彿處處都有了知覺與感情，祥子的一扭腰，一蹲腿，或一直脊背，它都就馬上應合着，給祥子以最順心的幫助，他與它之間沒有一點隔膜彆扭的地方。趕到遇上地平人少的地方，祥子可以用一隻手攏着把，微微輕響的皮輪像陣利颸的小風似的催着他跑，飛快而平穩。拉到了地點，祥子的衣褲都擰得出汗來，嘩嘩的，像剛從水盆裏撈出來的。他感到疲乏，可是很痛快的，值得驕傲的，一種疲乏，如同騎着名馬跑了幾十里那樣。

假若膽壯不就是大意，祥子在放膽跑的時候可並不

大意。不快跑若是對不起人，快跑而碰傷了車便對不起自己。車是他的命，他知道怎樣的小心。小心與大膽放在一處，他便越來越能自信，他深信自己與車都是鐵作的。

因此，他不但敢放膽的跑，對於什麼時候出車也不大去考慮。他覺得用力拉車去掙口飯吃，是天下最有骨氣的事；他願意出去，沒人可以攔住他。外面的謠言他不大往心裏聽，什麼西苑又來了兵，什麼長辛店又打上了仗，什麼西直門外又在拉伕，什麼齊化門已經關了半天，他都不大注意。自然，街上舖戶已都上了門，而馬路上站滿了武裝警察與保安隊，他也不便故意去找不自在，也和別人一樣急忙收了車。可是，謠言，他不信。他知道怎樣謹慎，特別因為車是自己的，但是他究竟是鄉下人，不像城裏人那樣聽見風便是雨。再說，他的身體使他相信，即使不幸趕到「點兒」上，他必定有辦法，不至於吃很大的虧；他不是容易欺侮的，那麼大的個子，那麼寬的肩膀！

戰爭的消息與謠言幾乎每年隨着春麥一塊兒往起長，麥穗與刺刀可以算作北方人的希望與憂懼的象徵。祥子的新車剛交半歲的時候，正是麥子需要春雨的時節。春雨不一定順着人民的盼望而降落，可是戰爭不管有沒有人盼望總會來到。謠言吧，真事兒吧，祥子似乎忘了他曾經作過莊稼活；他不大關心戰爭怎樣的毀壞田地，也不大注意春雨的有無。他只關心他的車，他的車能產生烙餅與一切吃食，它是塊萬能的田地，很馴順的隨着他走，一塊活地，

寶地。因為缺雨，因為戰爭的消息，糧食都長了價錢；這個，祥子知道。可是他和城裏人一樣的只會抱怨糧食貴，而一點主意沒有；糧食貴，貴吧，誰有法兒教它賤呢？這種態度使他只顧自己的生活，把一切禍患災難都放在腦後。

設若城裏的人對於一切都沒有辦法，他們可會造謠言——有時完全無中生有，有時把一分真事說成十分——以便顯出他們並不愚傻與不作事。他們像些小魚，閑着的時候把嘴放在水皮上，吐出幾個完全沒用的水泡兒也怪得意。在謠言裏，最有意思是關於戰爭的。別種謠言往往始終是謠言，好像談鬼說狐那樣，不會說着說着就真見了鬼。關於戰爭的，正是因為根本沒有正確消息，謠言反倒能立竿見影。在小節目上也許與真事有很大的出入，可是對於戰爭本身的有無，十之八九是正確的。「要打仗了！」這句話一經出口，早晚準會打仗；至於誰和誰打，與怎麼打，那就一個人一個說法了。祥子並不是不知道這個。不過，幹苦工的人們——拉車的也在內——雖然不會歡迎戰爭，可是碰到了它也不一定就準倒霉。每逢戰爭一來，最着慌的是闊人們。他們一聽見風聲不好，趕快就想逃命；錢使他們來得快，也跑得快。他們自己可是不會跑，因為腿腳被錢贅的太沉重。他們得僱許多人作他們的腿，箱子得有人抬，老幼男女得有車拉；在這個時候，專賣手腳的哥兒們的手與腳就一律貴起來：「前門，東車

站！」「哪兒？」「東——東——站！」「嘔，乾脆就給一塊四毛錢！不用駁回，兵荒馬亂的！」

就是在這個情形下，祥子把車拉出城去。謠言已經有十來天了，東西已都漲了價，可是戰事似乎還在老遠，一時半會兒不會打到北平來。祥子還照常拉車，並不因為謠言而偷點懶。有一天，拉到了西城，他看出點棱縫來。在護國寺街西口和新街口沒有一個招呼「西苑哪？清華呀？」的。在新街口附近他轉悠了一會兒。聽説車已經都不敢出城，西直門外正在抓車，大車小車騾車洋車一齊抓。他想喝碗茶就往南放車；車口的冷靜露出真的危險，他有相當的膽子，但是不便故意的走死路。正在這個接骨眼兒，從南來了兩輛車，車上坐着的好像是學生。拉車的一邊走，一邊兒喊：「有上清華的沒有？嗨，清華！」

車口上的幾輛車沒有人答碴兒，大家有的看着那兩輛車淡而不厭的微笑，有的叼着小煙袋坐着，連頭也不抬。那兩輛車還繼續的喊：「都啞吧了？清華！」

「兩塊錢吧，我去！」一個年輕光頭的矮子看別人不出聲，開玩笑似的答應了這麼一句。

「拉過來！再找一輛！」那兩輛車停住了。

年輕光頭的愣了一會兒，似乎不知怎樣好了。別人還都不動。祥子看出來，出城一定有危險，要不然兩塊錢清華——平常只是二三毛錢的事兒——為什麼會沒人搶呢？他也不想去。可是那個光頭的小伙子似乎打定了主意，要

是有人陪他跑一趟的話，他就豁出去了；他一眼看中了祥子：「大個子，你怎樣？」

「大個子」三個字把祥子招笑了，這是一種讚美。他心中打開了轉兒：憑這樣的讚美，似乎也應當捧那身矮膽大的光頭一場；再說呢，兩塊錢是兩塊錢，這不是天天能遇到的事。危險？難道就那樣巧？況且，前兩天還有人說天壇住滿了兵；他親眼看見的，那裏連個兵毛兒也沒有。這麼一想，他把車拉過去了。

拉到了西直門，城洞裏幾乎沒有什麼行人。祥子的心涼了一些。光頭也看出不妙，可是還笑着說：「**招呼吧**[①]，**伙計！是福不是禍**[②]，**今兒個就是今兒個**[③]啦！」祥子知道事情要壞，可是在街面上混了這幾年了，不能說了不算，不能耍老娘們脾氣！

出了西直門，真是連一輛車也沒遇上；祥子低下頭去，不敢再看馬路的左右。他的心好像直頂他的肋條。到了高亮橋，他向四圍打了一眼，並沒有一個兵，他又放了點心。兩塊錢到底是兩塊錢，他盤算着，沒點膽子哪能找到這麼俏的事。他平常很不喜歡說話，可是這陣兒他願意跟光頭的矮子說幾句，街上清靜得真可怕。「抄土道走

---

① **招呼吧**：即「一起幹吧，闖吧」的意思。
② **是福不是禍**：俗語，還有下句：是禍躲不過。這裏說話人未說下句，卻意在下句。
③ **今兒個就是今兒個**：意即到了嚴重關頭，成敗都在今天。

吧？馬路上──」

「那還用說，」矮子猜到他的意思，「自要一上了便道，咱們就算有點底兒了！」

還沒拉到便道上，祥子和光頭的矮子連車帶人都被十來個兵捉了去！

雖然已到妙峯山開廟進香的時節，夜裏的寒氣可還不是一件單衫所能擋得住的。祥子的身上沒有任何累贅，除了一件灰色單軍服上身，和一條藍布軍褲，都被汗漚得奇臭──自從還沒到他身上的時候已經如此。由這身破軍衣，他想起自己原來穿着的白布小褂與那套陰丹士林藍的夾褲褂；那是多麼乾淨體面！是的，世界上還有許多比陰丹士林藍更體面的東西，可是祥子知道自己混到那麼乾淨利落已經是怎樣的不容易。聞着現在身上的臭汗味，他把以前的掙扎與成功看得分外光榮，比原來的光榮放大了十倍。他越想着過去便越恨那些兵們。他的衣服鞋帽，洋車，甚至於繫腰的布帶，都被他們搶了去；只留給他青一塊紫一塊的一身傷，和滿腳的疱！不過，衣服，算不了什麼；身上的傷，不久就會好的。他的車，幾年的血汗掙出來的那輛車，沒了！自從一拉到營盤裏就不見了！以前的一切辛苦困難都可一眨眼忘掉，可是他忘不了這輛車！

吃苦，他不怕；可是再弄上一輛車不是隨便一說就行的事；至少還得幾年的工夫！過去的成功全算白饒，他得

重打鼓另開張打頭兒來！祥子落了淚！他不但恨那些兵，而且恨世上的一切了。憑什麼把人欺侮到這個地步呢？憑什麼？「憑什麼？」他喊了出來。

這一喊——雖然痛快了些——馬上使他想起危險來。別的先不去管吧，逃命要緊！

他在哪裏呢？他自己也不能正確的回答出。這些日子了，他隨着兵們跑，汗從頭上一直流到腳後跟。走，得扛着拉着或推着兵們的東西；站住，他得去挑水燒火餵牲口。他一天到晚只知道怎樣把最後的力氣放在手上腳上，心中成了塊空白。到了夜晚，頭一挨地他便像死了過去，而永遠不再睜眼也並非一定是件壞事。

最初，他似乎記得兵們是往妙峯山一帶退卻。及至到了後山，他只顧得爬山了，而時時想到不定哪時他會一跤跌到山澗裏，把骨肉被野鷹們啄盡，不顧得別的。在山中繞了許多天，忽然有一天山路越來越少，當太陽在他背後的時候，他遠遠的看見了平地。晚飯的號聲把出營的兵丁喚回，有幾個扛着槍的牽來幾匹駱駝。

駱駝！祥子的心一動，忽然的他會思想了，好像迷了路的人忽然找到一個熟識的標記，把一切都極快的想了起來。駱駝不會過山，他一定是來到了平地。在他的知識裏，他曉得京西一帶，像八里莊，黃村，北辛安，磨石口，五里屯，三家店，都有養駱駝的。難道繞來繞去，繞到磨石口來了嗎？這是什麼戰略——假使這羣只會跑路與

搶劫的兵們也會有戰略——他不曉得。可是他確知道，假如這真是磨石口的話，兵們必是繞不出山去，而想到山下來找個活路。磨石口是個好地方，往東北可以回到西山；往南可以奔長辛店，或豐台；一直出口子往西也是條出路。他為兵們這麼盤算，心中也就為自己畫出一條道兒來：這到了他逃走的時候了。萬一兵們再退回亂山裏去，他就是逃出兵的手掌，也還有餓死的危險。要逃，就得乘這個機會。由這裏一跑，他相信，一步就能跑回海甸！雖然中間隔着那麼多地方，可是他都知道呀；一閉眼，他就有了個地圖：這裏是磨石口——老天爺，這必須是磨石口！——他往東北拐，過金頂山，禮王墳，就是八大處；從四平台往東奔杏子口，就到了南辛莊。為是有些遮隱，他頂好還順着山走，從北辛莊，往北，過魏家村；往北，過南河灘；再往北，到紅山頭，傑王府；靜宜園了！找到靜宜園，閉着眼他也可以摸到海甸去！他的心要跳出來！這些日子，他的血似乎全流到四肢上去；這一刻，彷彿全歸到心上來；心中發熱，四肢反倒冷起來；熱望使他混身發顫！

　　一直到半夜，他還合不上眼。希望使他快活，恐懼使他驚惶，他想睡，但睡不着，四肢像散了似的在一些乾草上放着。什麼響動也沒有，只有天上的星伴着自己的心跳。駱駝忽然哀叫了兩聲，離他不遠。他喜歡這個聲音，像夜間忽然聽到雞鳴那樣使人悲哀，又覺得有些安慰。

遠處有了炮聲，很遠，但清清楚楚的是炮聲。他不敢動，可是馬上營裏亂起來。他閉住了氣，機會到了！他準知道，兵們又得退卻，而且一定是往山中去。這些日子的經驗使他知道，這些兵的打仗方法和困在屋中的蜜蜂一樣，只會到處亂撞。有了炮聲，兵們一定得跑；那麼，他自己也該精神着點了。他慢慢的，閉着氣，在地上爬，目的是在找到那幾匹駱駝。他明知道駱駝不會幫助他什麼，但他和牠們既同是俘虜，好像必須有些同情。軍營裏更亂了，他找到了駱駝——幾塊土崗似的在黑暗中趴伏着，除了粗大的呼吸，一點動靜也沒有，似乎天下都很太平。這個，教他壯起點膽子來。他伏在駱駝旁邊，像兵丁藏在沙口袋後面那樣。極快的他想出個道理來：炮聲是由南邊來的，即使不是真心作戰，至少也是個「此路不通」的警告。那麼，這些兵還得逃回山中去。真要是上山，他們不能帶着駱駝。這樣，駱駝的命運也就是他的命運。他們要是不放棄這幾個牲口呢，他也跟着完事；他們忘記了駱駝，他就可以逃走。把耳朵貼在地上，他聽着有沒有腳步聲兒來，心跳得極快。

　　不知等了多久，始終沒人來拉駱駝。他大着膽子坐起來，從駱駝的雙峯間望過去，什麼也看不見，四外極黑。逃吧！不管是吉是凶，逃！

# 三

　　祥子已經跑出二三十步去，可又不肯跑了，他捨不得那幾匹駱駝。他在世界上的財產，現在，只剩下了自己的一條命。就是地上的一根麻繩，他也樂意拾起來，即使沒用，還能稍微安慰他一下，至少他手中有條麻繩，不完全是空的。逃命是要緊的，可是赤裸裸的一條命有什麼用呢？他得帶走這幾匹牲口，雖然還沒想起駱駝能有什麼用處，可是總得算是幾件東西，而且是塊兒不小的東西。

　　他把駱駝拉了起來。對待駱駝的方法，他不大曉得，可是他不怕牠們，因為來自鄉間，他敢挨近牲口們。駱駝們很慢很慢的立起來，他顧不得細調查牠們是不是都在一塊兒拴着，覺到可以拉着走了，他便邁開了步，不管是拉起來一個，還是全「把兒」。

　　一邁步，他後悔了。駱駝——在口內負重慣了的——是走不快的。不但是得慢走，還須極小心的慢走，駱駝怕滑；一汪兒水，一片兒泥，都可以教牠們劈了腿，或折扭了膝。駱駝的價值全在四條腿上；腿一完，全完！而祥子是想逃命呀！

　　可是，他不肯再放下牠們。一切都交給天了，白得來的駱駝是不能放手的！

　　因拉慣了車，祥子很有些辨別方向的能力。雖然如此，他現在心中可有點亂。當他找到駱駝們的時候，他的心似乎全放在牠們身上了；及至把牠們拉起來，他弄不清

哪兒是哪兒了，天是那麼黑，心中是那麼急，即使他會看看星，調一調方向，他也不敢從容的去這麼辦；星星們——在他眼中——好似比他還着急，你碰我，我碰你的在黑空中亂動。祥子不敢再看天上。他低着頭，心裏急而腳步不敢放快的往前走。他想起了這個：既是拉着駱駝，便須順着大道走，不能再沿着山坡兒。由磨石口——假如這是磨石口——到黃村，是條直路。這既是走駱駝的大路，而且一點不繞遠兒。「不繞遠兒」在一個洋車夫心裏有很大的價值。不過，這條路上沒有遮掩！萬一再遇上兵呢？即使遇不上大兵，他自己那身破軍衣，臉上的泥，與那一腦袋的長頭髮，能使人相信他是個拉駱駝的嗎？不像，絕不像個拉駱駝的！倒很像個逃兵！逃兵，被官中拿去還倒是小事；教村中的人們捉住，至少是活埋！想到這兒，他哆嗦起來，背後駱駝蹄子噗噗輕響猛然嚇了他一跳。他要打算逃命，還是得放棄這幾個累贅。可是到底不肯撒手駱駝鼻子上的那條繩子。走吧，走，走到哪裏算哪裏，遇見什麼說什麼；活了呢，賺幾條牲口；死了呢，認命！

可是，他把軍衣脫下來：一把，將領子扯掉；那對還肯負責任的銅鈕也被揪下來，擲在黑暗中，連個響聲也沒發。然後，他把這件無領無鈕的單衣斜搭在身上，把兩條袖子在胸前結成個結子，像背包袱那樣。這個，他以為可以減少些敗兵的嫌疑；褲子也挽高起來一塊。他知道這還

不十分像拉駱駝的，可是至少也不完全像個逃兵了。加上他臉上的泥，身上的汗，大概也夠個「煤黑子」的**譜兒**①了。他的思想很慢，可是想得很周到，而且想起來馬上就去執行。夜黑天裏，沒人看見他；他本來無須乎立刻這樣辦；可是他等不得。他不知道時間，也許忽然就會天亮。既沒順着山路走，他白天沒有可以隱藏起來的機會；要打算白天也照樣趕路的話，他必須使人相信他是個「煤黑子」。想到了這個，也馬上這麼辦了，他心中痛快了些，好似危險已過，而眼前就是北平了。他必須穩穩當當的快到城裏，因為他身上沒有一個錢，沒有一點乾糧，不能再多耗時間。想到這裏，他想騎上駱駝，省些力氣可以多挨一會兒飢餓。可是不敢去騎，即使很穩當，也得先教駱駝跪下，他才能上去；時間是值錢的，不能再麻煩。況且，他要是上了那麼高，便更不容易看清腳底下，駱駝若是摔倒，他也得陪着。不，就這樣走吧。

　　大概的他覺出是順着大路走呢；方向，地點，都有些茫然。夜深了，多日的疲乏，與逃走的驚懼，使他身心全不舒服。及至走出來一些路，腳步是那麼平勻，緩慢，他漸漸的彷彿困倦起來。夜還很黑，空中有些濕冷的霧氣，心中更覺得渺茫。用力看看地，地上老像有一崗一崗的，及至放下腳去，卻是平坦的。這種小心與受騙教他更不安

---

① **譜兒**：這裏指外表的樣子。

靜，幾乎有些煩躁。爽性不去管地上了，眼往平裏看，腳擦着地走。四外什麼也看不見，就好像全世界的黑暗都在等着他似的，由黑暗中邁步，再走入黑暗中；身後跟着那不聲不響的駱駝。

外面的黑暗漸漸習慣了，心中似乎停止了活動，他的眼不由的閉上了。不知道是往前走呢，還是已經站住了，心中只覺得一浪一浪的波動，似一片波動的黑海，黑暗與心接成一氣，都渺茫，都起落，都恍惚。忽然心中一動，像想起一些什麼，又似乎是聽見了一些聲響，説不清；可是又睜開了眼。他確是還往前走呢，忘了剛才是想起什麼來，四外也並沒有什麼動靜。心跳了一陣，漸漸又平靜下來。他囑咐自己不要再閉上眼，也不要再亂想；快快的到城裏是第一件要緊的事。可是心中不想事，眼睛就很容易再閉上，他必須想念着點兒什麼，必須醒着。他知道一旦倒下，他可以一氣睡三天。想什麼呢？他的頭有些發暈，身上潮漉漉的難過，頭髮裏發癢，兩腳發酸，口中又乾又澀。他想不起別的，只想可憐自己。可是，連自己的事也不大能詳細的想了，他的頭是那麼虛空昏脹，彷彿剛想起自己，就又把自己忘記了，像將要滅的蠟燭，連自己也不能照明白了似的。再加上四圍的黑暗，使他覺得像在一團黑氣裏浮盪，雖然知道自己還存在着，還往前邁步，可是沒有別的東西來證明他準是在哪裏走，就很像獨自在荒海裏浮着那樣不敢相信自己。他永遠沒嘗受過這種驚疑不定

的難過，與絕對的寂悶。平日，他雖不大喜歡交朋友，可是一個人在日光下，有太陽照着他的四肢，有各樣東西呈現在目前，他不至於害怕。現在他還不害怕，只是不能確定一切，使他受不了。設若駱駝們要是像騾馬那樣不老實，也許倒能教他打起精神去注意牠們，而駱駝偏偏是這麼馴順，馴順得使他不耐煩；在心神最恍惚的時候，他忽然懷疑駱駝是否還在他的背後，教他嚇一跳；他似乎很相信這幾個大牲口會輕輕的鑽入黑暗的岔路中去，而他一點也不曉得，像拉着塊冰那樣能漸漸的化盡。

　　不知道在什麼時候，他坐下了。若是他就是這麼死去，就是死後有知，他也不會記得自己是怎麼坐下的，和為什麼坐下的。坐了五分鐘，也許是一點鐘，他不曉得。他也不知道他是先坐下而後睡着，還是先睡着而後坐下的。大概他是先睡着而後坐下的，因為他的疲乏已經能使他立着睡去的。

　　他忽然醒了。不是那種自自然然的由睡而醒，而是猛的一嚇，像由一個世界跳到另一個世界，都在一瞬眼的工夫裏。看見的還是黑暗，可是很清楚的聽見一聲雞鳴，是那麼清楚，好像有個堅硬的東西在他腦中劃了一下。他完全清醒過來。駱駝呢？他顧不得想別的。繩子還在他手中，駱駝也還在他旁邊。他心中安靜了。懶得起來。身上酸懶，他不想起來；可也不敢再睡。他得想，細細的想，好主意。就是在這個時候，他想起他的車，而喊出「憑什

麼？」

「憑什麼？」但是空喊是一點用處沒有的。他去摸摸駱駝，他始終還不知自己拉來幾匹。摸清楚了，一共三匹。他不覺得這是太多，還是太少；他把思想集中到這三匹身上，雖然還沒想妥一定怎麼辦，可是他渺茫的想到，他的將來全仗着這三個牲口。

「為什麼不去賣了牠們，再買上一輛車呢？」他幾乎要跳起來了！可是他沒動，好像因為先前沒想到這樣最自然最省事的辦法而覺得應當慚愧似的。喜悅勝過了慚愧，他打定了主意：剛才不是聽到雞鳴麼？即使雞有時候在夜間一兩點鐘就打鳴，反正離天亮也不甚遠了。有雞鳴就必有村莊，說不定也許是北辛安吧？那裏有養駱駝的，他得趕快的走，能在天亮的時候趕到，把駱駝出了手，他可以一進城就買上一輛車。兵荒馬亂的期間，車必定便宜一些；他只顧了想買車，好似賣駱駝是件毫無困難的事。

想到駱駝與洋車的關係，他的精神壯了起來，身上好似一向沒有什麼不舒服的地方。假若他想到拿這三匹駱駝能買到一百畝地，或是可以換幾顆珍珠，他也不會這樣高興。他極快的立起來，扯起駱駝就走。他不曉得現在駱駝有什麼行市，只聽說過在老年間，沒有火車的時候，一條駱駝要值一個**大寶**①，因為駱駝力氣大，而吃得比騾馬還

---

① **大寶**：重五十兩的銀元寶。

省。他不希望得三個大寶，只盼望換個百兒八十的，恰好夠買一輛車的。

越走天越亮了；不錯，亮處是在前面，他確是朝東走呢。即使他走錯了路，方向可是不差；山在西，城在東，他曉得這個。四外由一致的漆黑，漸漸能分出深淺，雖然還辨不出顏色，可是田畝遠樹已都在普遍的灰暗中有了形狀。星星漸稀，天上罩着一層似雲又似霧的灰氣，暗淡，可是比以前高起許多去。祥子彷彿敢抬起頭來了。他也開始聞見路旁的草味，也聽見幾聲鳥鳴；因為看見了渺茫的物形，他的耳目口鼻好似都恢復了應有的作用。他也能看到自己身上的一切，雖然是那麼破爛狼狽，可是能以相信自己確是還活着呢；好像噩夢初醒時那樣覺得生命是何等的可愛。看完了他自己，他回頭看了看駱駝——和他一樣的難看，也一樣的可愛。正是牲口脫毛的時候，駱駝身上已經都露出那灰紅的皮，只有束一縷西一塊的掛着些零散的，沒力量的，隨時可以脫掉的長毛，像些獸中的龐大的乞丐。頂可憐的是那長而無毛的脖子，那麼長，那麼禿，彎彎的，愚笨的，伸出老遠，像條失意的瘦龍。可是祥子不憎嫌牠們，不管牠們是怎樣的不體面，到底是些活東西。他承認自己是世上最有運氣的人，上天送給他三條足以換一輛洋車的活寶貝；這不是天天能遇到的事。他忍不住的笑了出來。

灰天上透出些紅色，地與遠樹顯着更黑了；紅色漸漸

的與灰色融調起來，有的地方成為灰紫的，有的地方特別的紅，而大部分的天色是葡萄灰的。又待了一會兒，紅中透出明亮的金黃來，各種顏色都露出些光；忽然，一切東西都非常的清楚了。跟着，東方的早霞變成一片深紅，頭上的天顯出藍色。紅霞碎開，金光一道一道的射出，橫的是霞，直的是光，在天的東南角織成一部極偉大光華的蛛網：綠的田，樹，野草，都由暗綠變為發光的翡翠。老松的幹上染上了金紅，飛鳥的翅兒閃起金光，一切的東西都帶出笑意。祥子對着那片紅光要大喊幾聲，自從一被大兵拉去，他似乎沒看見過太陽，心中老在咒罵，頭老低着，忘了還有日月，忘了老天。現在，他自由的走着路，越走越光明，太陽給草葉的露珠一點兒金光，也照亮了祥子的眉髮，照暖了他的心。他忘了一切困苦，一切危險，一切疼痛；不管身上是怎樣襤褸污濁，太陽的光明與熱力並沒將他除外，他是生活在一個有光有熱力的宇宙裏；他高興，他想歡呼！

看看身上的破衣，再看看身後的三匹脫毛的駱駝，他笑了笑。就憑四條這麼不體面的人與牲口，他想，居然能逃出危險，能又朝着太陽走路，真透着奇怪！不必再想誰是誰非了，一切都是天意，他以為。他放了心，緩緩的走着，自要老天保佑他，什麼也不必怕。走到什麼地方了？不想問了，雖然田間已有男女來作工。走吧，就是一時賣不出駱駝去，似乎也沒大關係了；先到城裏再說，他渴想

再看見城市，雖然那裏沒有父母親戚，沒有任何財產，可是那到底是他的家，全個的城都是他的家，一到那裏他就有辦法。遠處有個村子，不小的一個村子，村外的柳樹像一排高而綠的護兵，低頭看着那些矮矮的房屋，屋上浮着些炊煙。遠遠的聽到村犬的吠聲，非常的好聽。他一直奔了村子去，不想能遇到什麼俏事，彷彿只是表示他什麼也不怕，他是好人，當然不怕村裏的良民；現在人人都是在光明和平的陽光下。假若可能的話，他想要一點水喝；就是要不到水也沒關係；他既沒死在山中，多渴一會兒算得了什麼呢?!

　　村犬向他叫，他沒大注意；婦女和小孩兒們的注視他，使他不大自在了。他必定是個很奇怪的拉駱駝的，他想；要不然，人家為什麼這樣呆呆的看着他呢？他覺得非常的難堪：兵們不拿他當個人，現在來到村子裏，大家又看他像個怪物！他不曉得怎樣好了。他的身量，力氣，一向使他自尊自傲，可是在過去的這些日子，無緣無故的他受盡了委屈與困苦。他從一家的屋脊上看過去，又看見了那光明的太陽，可是太陽似乎不像剛才那樣可愛了！

　　村中的唯一的一條大道上，豬尿馬尿與污水匯成好些個發臭的小湖，祥子唯恐把駱駝滑倒，很想休息一下。道兒北有個比較闊氣的人家，後邊是瓦房，大門可是只攔着個木柵，沒有木門，沒有門樓。祥子心中一動；瓦房——財主；木柵而沒門樓——養駱駝的主兒！好吧，他就在這

兒休息會兒吧，萬一有個好機會把駱駝打發出去呢！

「色！色！色！」祥子叫駱駝們跪下；對於調動駱駝的口號，他只曉得「色，色」是表示跪下；他很得意的應用出來，特意叫村人們明白他並非是外行。駱駝們真跪下了，他自己也大大方方的坐在一株小柳樹下。大家看他，他也看大家；他知道只有這樣才足以減少村人的懷疑。

坐了一會兒，院中出來個老者，藍布小褂敞着懷，臉上很亮，一看便知道是鄉下的財主。祥子打定了主意：

「老者，水現成吧？喝碗！」

「啊！」老者的手在胸前搓着泥卷，打量了祥子一眼，細細看了看三匹駱駝。「有水！哪兒來的？」

「西邊！」祥子不敢說地名，因為不準知道。

「西邊有兵呀？」老者的眼盯住祥子的軍褲。

「教大兵裹了去，剛逃出來。」

「啊！駱駝出西口沒什麼險啦吧？」

「兵都入了山，路上很平安。」

「嗯！」老者慢慢點着頭。「你等等，我給你拿水去。」

祥子跟了進去。到了院中，他看見了四匹駱駝。

「老者，留下我的三匹，湊一**把兒**①吧？」

「哼！一把兒？倒退三十年的話，我有過三把兒！年

---

① **一把兒**：五匹駱駝算作「一把兒」。

頭兒變了，誰還餵得起駱駝？！」老頭兒立住，呆呆的看着那四匹牲口。待了半天：「前幾天本想和街坊搭伙，把牠們送到口外去**放青**①。東也鬧兵，西也鬧兵，誰敢走啊！在家裏**拉夏**②吧，看着就焦心，看着就焦心，瞧這些蒼蠅！趕明兒天大熱起來，再加上蚊子，眼看着好好的牲口活活受罪，真！」老者連連的點頭，似乎有無限的感慨與牢騷。

「老者，留下我的三匹，湊成一把兒到口外去放青。歡蹦亂跳的牲口，一夏天在這兒，準教蒼蠅蚊子給拿個半死！」祥子幾乎是央求了。

「可是，誰有錢買呢？這年頭不是養駱駝的年頭了！」

「留下吧，給多少是多少；我把牠們出了手，好到城裏去謀生！」

老者又細細看了祥子一番，覺得他絕不是個匪類。然後回頭看了看門外的牲口，心中似乎是真喜歡那三匹駱駝——明知買到手中並沒好處，可是愛書的人見書就想買，養馬的見了馬就捨不得，有過三把兒駱駝的也是如此。況且祥子說可以賤賣呢；懂行的人得到個便宜，就容易忘掉東西買到手中有沒有好處。

「小伙子，我要是錢富裕的話，真想留下！」老者說了實話。

---

① **放青**：放牧牲口去吃青草。
② **拉夏**：打發悶熱的夏日。

「乾脆就留下吧，瞧着辦得了！」祥子是那麼誠懇，弄得老頭子有點不好意思了。

「說真的，小伙子；倒退三十年，這值三個大寶；現在的年頭，又搭上兵荒馬亂，我──你還是到別處吃喝吆喝去吧！」

「給多少是多少！」祥子想不出別的話。他明白老者的話很實在，可是不願意滿世界去賣駱駝──賣不出去，也許還出了別的毛病。

「你看，你看，二三十塊錢真不好說出口來，可是還真不容易往外拿呢；這個年頭，沒法子！」

祥子心中也涼了些，二三十塊？離買車還差得遠呢！可是，第一他願脆快辦完，第二他不相信能這麼巧再遇上個買主兒。「老者，給多少是多少！」

「你是幹什麼的，小伙子；看得出，你不是幹這一行的！」

祥子說了實話。

「嗝，你是拿命換出來的這些牲口！」老者很同情祥子，而且放了心，這不是偷出來的；雖然和偷也差不遠，可是究竟中間還隔着層大兵。兵災之後，什麼事兒都不能按着常理兒說。

「這麼着吧，伙計，我給三十五塊錢吧；我要說這不是個便宜，我是小狗子；我要是能再多拿一塊，也是個小狗子！我六十多了；哼，還教我說什麼好呢！」

祥子沒了主意。對於錢，他向來是不肯放鬆一個的。可是，在軍隊裏這些日子，忽然聽到老者這番誠懇而帶有感情的話，他不好意思再爭論了。況且，可以拿到手的三十五塊現洋似乎比希望中的一萬塊更可靠，雖然一條命只換來三十五塊錢的確是少一些！就單說三條大活駱駝，也不能，絕不能，只值三十五塊大洋！可是，有什麼法兒呢！

「駱駝算你的了，老者！我就再求一件事，給我找件小褂，和一點吃的！」

「那行！」

祥子喝了一氣涼水，然後拿着三十五塊很亮的現洋，兩個棒子麵餅子，穿着將護到胸際的一件破白小褂，要一步邁到城裏去！

# 四

祥子在海甸的一家小店裏躺了三天，身上忽冷忽熱，心中迷迷忽忽，牙牀上起了一溜紫泡，只想喝水，不想吃什麼。餓了三天，火氣降下去，身上軟得像皮糖似的。恐怕就是在這三天裏，他與三匹駱駝的關係由夢話或胡話中被人家聽了去。一清醒過來，他已經是「駱駝祥子」了。

自從一到城裏來，他就是「祥子」，彷彿根本沒有個姓；如今，「駱駝」擺在「祥子」之上，就更沒有人關心他到底姓什麼了。有姓無姓，他自己也並不在乎。不過，

三條牲口才換了那麼幾塊錢，而自己倒落了個外號，他覺得有點不大上算。

剛能掙扎着立起來，他想出去看看。沒想到自己的腿能會這樣的不吃力，走到小店門口他一軟就坐在了地上，昏昏沉沉的坐了好大半天，頭上見了涼汗。又忍了一會兒，他睜開了眼，肚中響了一陣，覺出點餓來。極慢的立起來，找到了個餛飩挑兒。要了碗餛飩，他仍然坐在地上。呷了口湯，覺得噁心，在口中含了半天，勉強的嚥下去；不想再喝。可是，待了一會兒，熱湯像股線似的一直通到腹部，打了兩個響嗝。他知道自己又有了命。

肚中有了點食，他顧得看看自己了。身上瘦了許多，那條破褲已經髒得不能再髒。他懶得動，可是要馬上恢復他的乾淨利落，他不肯就這麼神頭鬼臉的進城去。不過，要乾淨利落就得花錢，剃剃頭，換換衣服，買鞋襪，都要錢。手中的三十五元錢應當一個不動，連一個不動還離買車的數兒很遠呢！可是，他可憐了自己。雖然被兵們拉去不多的日子，到現在一想，一切都像個噩夢。這個噩夢使他老了許多，好像他忽然的一氣增多了好幾歲。看着自己的大手大腳，明明是自己的，可是又像忽然由什麼地方找到的。他非常的難過。他不敢想過去的那些委屈與危險，雖然不去想，可依然的存在，就好像連陰天的時候，不去看天也知道天是黑的。他覺得自己的身體是特別的可愛，不應當再太自苦了。他立起來，明知道身上還很軟，可是

刻不容緩的想去打扮打扮，彷彿只要剃剃頭，換件衣服，他就能立刻強壯起來似的。

打扮好了，一共才花了兩塊二毛錢。近似**搪布**①的一身本色粗布褲褂一元，青布鞋八毛，線披兒織成的襪子一毛五，還有頂二毛五的草帽。脫下來的破東西換了兩包火柴。

拿着兩包火柴，順着大道他往西直門走。沒走出多遠，他就覺出軟弱疲乏來了。可是他咬上了牙。他不能坐車，從哪方面看也不能坐車：一個鄉下人拿十里八里還能當作道兒嗎，況且自己是拉車的。這且不提，以自己的身量力氣而被這小小的一點病拿住，笑話；除非一跤栽倒，再也爬不起來，他滿地滾也得滾進城去，決不服軟！今天要是走不進城去，他想，祥子便算完了；他只相信自己的身體，不管有什麼病！

晃晃悠悠的他放開了步。走出海甸不遠，他眼前起了金星。扶着棵柳樹，他定了半天神，天旋地轉的鬧慌了會兒，他始終沒肯坐下。天地的旋轉慢慢的平靜起來，他的心好似由老遠的又落到自己的心口中，擦擦頭上的汗，他又邁開了步。已經剃了頭，已經換上新衣新鞋，他以為這就十分對得起自己了；那麼，腿得盡它的責任，走！一氣他走到了**關廂**②。看見了人馬的忙亂，聽見了複雜刺耳的聲

---

① **搪布**：窄幅粗線織的很疏的布，舊時用作面巾。搪 táng，粵音堂。
② **關廂**：城門外的大街和附近的地區。

音，聞見了乾臭的味道，踏上了細軟污濁的灰土，祥子想爬下去吻一吻那個灰臭的地，可愛的地，生長洋錢的地！沒有父母兄弟，沒有本家親戚，他的唯一的朋友是這座古城。這座城給了他一切，就是在這裏餓着也比鄉下可愛，這裏有的看，有的聽，到處是光色，到處是聲音；自己只要賣力氣，這裏還有數不清的錢，吃不盡穿不完的萬樣好東西。在這裏，要飯也能要到葷湯臘水的，鄉下只有棒子麵。才到高亮橋西邊，他坐在河岸上，落了幾點熱淚！

太陽平西了，河上的老柳歪歪着，梢頭掛着點金光。河裏沒有多少水，可是長着不少的綠藻，像一條油膩的長綠的帶子，窄長，深綠，發出些微腥的潮味。河岸北的麥子已吐了芒，矮小枯乾，葉上落了一層灰土。河南的荷塘的綠葉細小無力的浮在水面上，葉子左右時時冒起些細碎的小水泡。東邊的橋上，來往的人與車過來過去，在斜陽中特別顯着匆忙，彷彿都感到暮色將近的一種不安。這些，在祥子的眼中耳中都非常的有趣與可愛。只有這樣的小河彷彿才能算是河；這樣的樹，麥子，荷葉，橋樑，才能算是樹，麥子，荷葉，與橋樑。因為它們都屬於北平。

坐在那裏，他不忙了。眼前的一切都是熟習的，可愛的，就是坐着死去，他彷彿也很樂意。歇了老大半天，他到橋頭吃了碗老豆腐：醋，醬油，花椒油，韭菜末，被熱的雪白的豆腐一燙，發出點頂香美的味兒，香得使祥子要閉住氣；捧着碗，看着那深綠的韭菜末兒，他的手不住的

哆嗦。吃了一口，豆腐把身裏燙開一條路；他自己下手又加了兩小勺辣椒油。一碗吃完，他的汗已濕透了褲腰。半閉着眼，把碗遞出去：「再來一碗！」

站起來，他覺出他又像個人了。太陽還在西邊的最低處，河水被晚霞照得有些微紅，他痛快得要喊叫出來。摸了摸臉上那塊平滑的疤，摸了摸袋中的錢，又看了一眼角樓上的陽光，他硬把病忘了，把一切都忘了，好似有點什麼心願，他決定走進城去。

城門洞裏擠着各樣的車，各樣的人，誰也不敢快走，誰可都想快快過去，鞭聲，喊聲，罵聲，喇叭聲，鈴聲，笑聲，都被門洞兒──像一架擴音機似的──嗡嗡的聯成一片，彷彿人人都發着點聲音，都嗡嗡的響。祥子的大腳東插一步，西跨一步，兩手左右的撥落，像條瘦長的大魚，隨浪歡躍那樣，擠進了城。一眼便看到新街口，道路是那麼寬，那麼直，他的眼發了光，和東邊的屋頂上的反光一樣亮。他點了點頭。

他的鋪蓋還在西安門大街人和車廠呢，自然他想奔那裏去。因為沒有家小，他一向是住在車廠裏，雖然並不永遠拉廠子裏的車。人和的老闆劉四爺是已快七十歲的人了；人老，心可不老實。年輕的時候他當過庫兵，設過賭場，買賣過人口，**放過閻王賬**[①]。幹這些營生所應有的資格

---

① **放過閻王賬**：放高利貸。

與本領——力氣，心路，手段，交際，字號等等——劉四爺都有。在前清的時候，打過羣架，搶過良家婦女，跪過鐵索。跪上鐵索，劉四並沒皺一皺眉，沒說一個饒命。官司教他硬挺了過來，這叫作「字號」。出了獄，恰巧入了民國，巡警的勢力越來越大，劉四爺看出地面上的英雄已成了過去的事兒，即使黃天霸再世也不會有多少機會了。他開了個洋車廠子。土混混出身，他曉得怎樣對付窮人，什麼時候該緊一把兒，哪裏該鬆一步兒，他有善於調動的天才。車夫們沒有敢跟他**耍骨頭**①的。他一瞪眼，和他哈哈一笑，能把人弄得迷迷忽忽的，彷彿一腳登在天堂，一腳登在地獄，只好聽他擺弄。到現在，他有六十多輛車，至壞的也是七八成新的，他不存破車。車租，他的比別家的大，可是到三節他比別家多放着兩天的份兒。人和廠有地方住，拉他的車的光棍兒，都可以白住——可是得交上車份兒，交不上賬而和他苦膩的，他扣下鋪蓋，把人當個破水壺似的扔出門外。大家若是有個急事急病，只須告訴他一聲，他不含忽，水裏火裏他都熱心的幫忙，這叫作「字號」。

　　劉四爺是虎相。快七十了，腰板不彎，拿起腿還走個十里二十里的。兩隻大圓眼，大鼻頭，方嘴，一對大虎牙，一張口就像個老虎。個子幾乎與祥子一邊兒高，頭剃

---

① **耍骨頭**：即調皮，搗亂。

得很亮，沒留鬍子。他自居老虎，可惜沒有兒子，只有個
三十七八歲的虎女——知道劉四爺的就必也知道虎妞。她
也長得虎頭虎腦，因此嚇住了男人，幫助父親辦事是把好
手，可是沒人敢娶她作太太。她什麼都和男人一樣，連罵
人也有男人的爽快，有時候更多一些花樣。劉四爺打外，
虎妞打內，父女把人和車廠治理得鐵筒一般。人和廠成了
洋車界的權威，劉家父女的辦法常常在車夫與車主的口
上，如讀書人的引經據典。

　　在買上自己的車以前，祥子拉過人和廠的車。他的積
蓄就交給劉四爺給存着。把錢湊夠了數，他要過來，買上
了那輛新車。

　　「劉四爺，看看我的車！」祥子把新車拉到人和廠
去。

　　老頭子看了車一眼，點了點頭：「**不離**①！」

　　「我可還得在這兒住，多喒我拉上包月，才去住宅
門！」祥子頗自傲的說。

　　「行！」劉四爺又點了點頭。

　　於是，祥子找到了包月，就去住宅山；掉了事而又去
拉散座，便住在人和廠。

　　不拉劉四爺的車，而能住在人和廠，據別的車夫看，
是件少有的事。因此，甚至有人猜測，祥子必和劉老頭子

① **不離**：不錯。

是親戚；更有人説，劉老頭子大概是看上了祥子，而想給虎妞弄個招門納婿的「小人」。這種猜想裏雖然懷着點妒羡，可是萬一要真是這麼回事呢，將來劉四爺一死，人和廠就一定歸了祥子。這個，教他們只敢胡猜，而不敢在祥子面前説什麼不受聽的。其實呢，劉老頭子的優待祥子是另有筆賬兒。祥子是這樣的一個人：在新的環境裏還能保持着舊的習慣。假若他去當了兵，他決不會一穿上那套虎皮，馬上就不傻裝傻的去欺侮人。在車廠子裏，他不閒着，把汗一落下去，他就找點事兒作。他去擦車，打氣，曬雨布，抹油……用不着誰支使，他自己願意幹，幹得高高興興，彷彿是一種極好的娛樂。廠子裏靠常總住着二十來個車夫；收了車，大家不是坐着閒談，便是蒙頭大睡；祥子，只有祥子的手不閒着。初上來，大家以為他是向劉四爺獻殷勤，狗事巴結人；過了幾天，他們看出來他一點沒有賣好討俏的意思，他是那麼真誠自然，也就無話可説了。劉老頭子沒有誇獎過他一句，沒有格外多看過他一眼；老頭子心裏有數兒。他曉得祥子是把好手，即使不拉他的車，他也還願意祥子在廠子裏。有祥子在這兒，先不提別的院子與門口永遠掃得乾乾淨淨。虎妞更喜歡這個傻大個兒，她説什麼，祥子老用心聽着，不和她爭辯；別的車夫，因為受盡苦楚，説話總是橫着來；她一點不怕他們，可是也不願多搭理他們；她的話，所以，都留給祥子聽。當祥子去拉包月的時候，劉家父女都彷彿失去一個朋

友。趕到他一回來，連老頭子罵人也似乎更痛快而慈善一些。

祥子拿着兩包火柴，進了人和廠。天還沒黑，劉家父女正在吃晚飯。看見他進來，虎妞把筷子放下了：

「祥子！你讓狼叼了去，還是上非洲挖金礦去了？」

「哼！」祥子沒說出什麼來。

劉四爺的大圓眼在祥子身上繞了繞，什麼也沒說。

祥子戴着新草帽，坐在他們對面。

「你要是還沒吃了的話，一塊兒吧！」虎妞彷彿是招待個好朋友。

祥子沒動，心中忽然感覺到一點說不出來的親熱。一向他拿人和廠當作家：拉包月，主人常換；拉散座，座兒一會兒一改；只有這裏老讓他住，老有人跟他說些閒話兒。現在剛逃出命來，又回到熟人這裏來，還讓他吃飯，他幾乎要懷疑他們是否要欺弄他，可是也幾乎落下淚來。

「剛吃了兩碗老豆腐！」他表示出一點禮讓。

「你幹什麼去了？」劉四爺的大圓眼還盯着祥子。「車呢？」

「車？」祥子啐了口唾沫。

「過來先吃碗飯！毒不死你！兩碗老豆腐管什麼事?!」虎妞一把將他扯過去，好像老嫂子疼愛小叔那樣。

祥子沒去端碗，先把錢掏了出來：「四爺，先給我拿着，三十塊。」把點零錢又放在衣袋裏。

劉四爺用眉毛梢兒問了句，「哪兒來的？」

祥子一邊吃，一邊把被兵拉去的事說了一遍。

「哼，你這個傻小子！」劉四爺聽完，搖了搖頭。「拉進城來，賣給湯鍋，也值十幾多塊一頭；要是冬天駝毛齊全的時候，三匹得賣六十塊！」

祥子早就有點後悔，一聽這個，更難過了。可是，繼而一想，把三隻活活的牲口賣給湯鍋去挨刀，有點缺德；他和駱駝都是逃出來的，就都該活着。什麼也沒說，他心中平靜了下去。

虎姑娘把傢伙撤下去，劉四爺仰着頭似乎是想起點來

什麼。忽然一笑，露出兩個越老越結實的虎牙：「傻子，你說病在了海甸？為什麼不由黃村大道一直回來？」

「還是繞西山回來的，怕走大道教人追上，萬一村子裏的人想過味兒來，還拿我當逃兵呢！」

劉四爺笑了笑，眼珠往心裏轉了兩轉。他怕祥子的話有鬼病，萬一那三十塊錢是搶了來的呢，他不便代人存着贓物。他自己年輕的時候，什麼不法的事兒也幹過；現在，他自居是改邪歸正，不能不小心，而且知道怎樣的小心。祥子的敍述只有這麼個縫子，可是祥子一點沒**發毛咕**①的解釋開，老頭子放了心。

「怎麼辦呢？」老頭子指着那些錢說。

「聽你的！」

「再買輛車？」老頭子又露出虎牙，似乎是說：「自己買上車，還白住我的地方？！」

「不夠！買就得買新的！」祥子沒看劉四爺的牙，只顧得看自己的心。

「借給你？一分利，別人借是二分五！」

祥子搖了搖頭。

「跟車舖打印子，還不如給我一分利呢！」

「我也不打印子，」祥子出着神說：「我慢慢的省，夠了數，現錢買現貨！」

---

① **發毛咕**：心裏有疑懼的事情而感到恐慌。

老頭子看着祥子，好像是看着個什麼奇怪的字似的，可惡，而沒法兒生氣。待了會兒，他把錢拿起來：「三十？別打馬虎眼！」

「沒錯！」祥子立起來：「睡覺去。送給你老人家一包洋火！」他放在桌子上一包火柴，又愣了愣：「不用對別人説，駱駝的事！」

## 五

劉老頭子的確沒替祥子宣傳，可是駱駝的故事很快的由海甸傳進城裏來。以前，大家雖找不出祥子的毛病，但是以他那股子乾倔的勁兒，他們多少以為他不大合羣，彆扭。自從「駱駝祥子」傳開了以後，祥子雖然還是悶着頭兒幹，不大和氣，大家對他卻有點另眼看待了。有人説他拾了個金錶，有人説他白弄了三百塊大洋，那自信知道得最詳確的才點着頭説，他從西山拉回三十匹駱駝！説法雖然不同，結論是一樣的——祥子發了邪財！對於發邪財的人，不管這傢伙是怎樣的**「不得哥兒們」**[①]，大家照例是要敬重的。賣力氣掙錢既是那麼不容易，人人盼望發點邪財；邪財既是那麼千載難遇，所以有些彩氣的必定是與眾不同，福大命大。因此，祥子的沉默與不合羣，一變變成了貴人語遲；他應當這樣，而他們理該趕着他去拉攏。

---

① **「不得哥兒們」**：即在一堆人裏面，大家不怎麼喜歡他，沒有人緣。

「得了，祥子！説説，説説你怎麼發的財？」這樣的話，祥子天天聽到。他一聲不響。直到逼急了，他的那塊疤有點發紅了，才説，「發財，媽的我的車哪兒去了？」

是呀，這是真的，他的車哪裏去了？大家開始思索。但是替別人憂慮總不如替人家喜歡，大家於是忘記了祥子的車，而去想着他的好運氣。過了些日子，大夥兒看祥子仍然拉車，並沒改了行當，或買了房子置了地，也就對他冷淡了一些，而提到駱駝祥子的時候，也不再追問為什麼他偏偏是「駱駝」，彷彿他根本就應當叫作這個似的。

祥子自己可並沒輕描淡寫的隨便忘了這件事。他恨不得馬上就能再買上輛新車，越着急便越想着原來那輛。一天到晚他任勞任怨的去幹，可是幹着幹着，他便想起那回事。一想起來，他心中就覺得發堵，不由的想到，要強又怎樣呢，這個世界並不因為自己要強而公道一些，憑着什麼把他的車白白搶去呢？即使馬上再弄來一輛，焉知不再遇上那樣的事呢？他覺得過去的事像個噩夢，使他幾乎不敢再希望將來。有時候他看別人喝酒吃煙跑土窰子，幾乎感到一點羨慕。要強既是沒用，何不樂樂眼前呢？他們是對的。他，即使先不跑土窰子，也該喝兩盅酒，自在自在。煙，酒，現在彷彿對他有種特別的誘力，他覺得這兩樣東西是花錢不多，而必定足以安慰他；使他依然能往前苦奔，而同時能忘了過去的苦痛。

可是，他還是不敢去動它們。他必須能多剩一個就

去多剩一個，非這樣不能早早買上自己的車。即使今天買上，明天就失了，他也得去買。這是他的志願，希望，甚至是宗教。不拉着自己的車，他簡直像是白活。他想不到作官，發財，置買產業；他的能力只能拉車，他的最可靠的希望是買車；非買上車不能對得起自己。他一天到晚思索這回事，計算他的錢；設若一旦忘了這件事，他便忘了自己，而覺得自己只是個會跑路的畜生，沒有一點起色與人味。無論是多麼好的車，只要是賃來的，他拉着總不起勁，好像背着塊石頭那麼不自然。就是賃來的車，他也不偷懶，永遠給人家收拾得乾乾淨淨，永遠不去胡碰亂撞；可是這只是一些小心謹慎，不是一種快樂。是的，收拾自己的車，就如同數着自己的錢，才是真快樂。他還是得不吃煙不喝酒，爽性連包好茶葉也不便於喝。在茶館裏，像他那麼體面的車夫，在飛跑過一氣以後，講究喝十個子兒一包的茶葉，加上兩包白糖，為是補氣散火。當他跑得順「耳唇」往下滴汗，胸口覺得有點發辣，他真想也這麼辦；這絕對不是習氣，作派，而是真需要這麼兩碗茶壓一壓。只是想到了，他還是喝那一個子兒一包的碎末。有時候他真想責罵自己，為什麼這樣自苦；可是，一個車夫而想月間剩下倆錢，不這麼辦怎成呢？他狠了心。買上車再說，買上車再說！有了車就足以抵得一切！

對花錢是這樣一把死拿，對掙錢祥子更不放鬆一步。沒有包月，他就拉整天，出車早，回來的晚，他非拉過一

定的錢數不收車，不管時間，不管兩腿；有時他硬連下去，拉一天一夜。從前，他不肯搶別人的買賣，特別是對於那些老弱殘兵；以他的身體，以他的車，去和他們爭座兒，還能有他們的份兒？現在，他不大管這個了，他只看見錢，多一個是一個，不管買賣的苦甜，不管是和誰搶生意；他只管拉上買賣，不管別的，像一隻餓瘋的野獸。拉上就跑，他心中舒服一些，覺得只有老不站住腳，才能有買上車的希望。一來二去的駱駝祥子的名譽遠不及單是祥子的時候了。有許多次，他搶上買賣就跑，背後跟着一片罵聲。他不回口，低着頭飛跑，心裏說：「我要不是為買車，決不能這麼不要臉！」他好像是用這句話求大家的原諒，可是不肯對大家這麼直說。在車口兒上，或茶館裏，他看大家瞪他；本想對大家解釋一下，及至看到大家是那麼冷淡，又搭上他平日不和他們一塊喝酒，賭錢，下棋，或聊天，他的話只能圈在肚子裏，無從往外說。難堪漸漸變為羞惱，他的火也上來了；他們瞪他，他也瞪他們。想起乍由山上逃回來的時候，大家對他是怎樣的敬重，現在會這樣的被人輕看，他更覺得難過了。獨自抱着壺茶，假若是趕上在茶館裏，或獨自數着剛掙到的銅子，設若是在車口上，他用盡力量把怒氣納下去。他不想打架，雖然不怕打架。大家呢，本不怕打架，可是和祥子動手是該當想想的事兒，他們誰也不是他的對手，而大家打一個又是不大光明的。勉強壓住氣，他想不出別的方法，只有忍耐一

時，等到買上車就好辦了。有了自己的車，每天先不用為車租着急，他自然可以大大方方的，不再因搶生意而得罪人。這樣想好，他看大家一眼，彷彿是說：咱們走着瞧吧！

論他個人，他不該這樣拚命。逃回城裏之後，他並沒等病好利落了就把車拉起來，雖然一點不服軟，可是他時常覺出疲乏。疲乏，他可不敢休息，他總以為多跑出幾身汗來就會減去酸懶的。對於飲食，他不敢缺着嘴，可也不敢多吃些好的。他看出來自己是瘦了好多，但是身量還是那麼高大，筋骨還那麼硬棒，他放了心。他老以為他的個子比別人高大，就一定比別人能多受些苦，似乎永沒想到身量大，受累多，應當需要更多的滋養。虎姑娘已經囑咐他幾回了：「你這傢伙要是這麼幹，吐了血可是你自己的事！」

他很明白這是好話，可是因為事不順心，身體又欠保養，他有點肝火盛。稍微棱棱着點眼：「不這麼奔，幾兒能買上車呢？」

要是別人這麼一棱棱眼睛，虎妞至少得罵半天街；對祥子，她真是一百一的客氣，愛護。她只撇了撇嘴：

「買車也得悠停着來，當是你是鐵作的哪！你應當好好的歇三天！」看祥子聽不進去這個：「好吧，你有你的老主意，死了可別怨我！」

劉四爺也有點看不上祥子：祥子的拚命，早出晚歸，

當然是不利於他的車的。雖然說租整天的車是沒有時間的限制，愛什麼時候出車收車都可以，若是人人都像祥子這樣死啃，一輛車至少也得早壞半年，多麼結實的東西也架不住**釘着坑兒使**[①]！再說呢，祥子只顧死奔，就不大勻得出工夫來幫忙給擦車什麼的，又是一項損失。老頭心中有點不痛快。他可是沒說什麼，拉整天不限定時間，是一般的規矩；幫忙收拾車輛是交情，並不是義務；憑他的人物字號，他不能自討無趣的對祥子有什麼表示。他只能從眼角唇邊顯出點不滿的神氣，而把嘴閉得緊緊的。有時候他頗想把祥子攆出去；看看女兒，他不敢這麼辦。他一點沒有把祥子當作候補女婿的意思，不過，女兒既是喜愛這個愣小子，他就不便於多事。他只有這麼一個姑娘，眼看是沒有出嫁的希望了，他不能再把她這個朋友趕了走。說真的，虎妞是這麼有用，他實在不願她出嫁；這點私心他覺得有點怪對不住她的，因此他多少有點怕她。老頭子一輩子天不怕地不怕，到了老年反倒怕起自己的女兒來，他自己在不大好意思之中想出點道理來：只要他怕個人，就是他並非完全是無法無天的人的證明。有了這個事實，或者他不至於到快死的時候遭了惡報。好，他自己承認了應當怕女兒，也就不肯趕出祥子去。這自然不是說，他可以隨便由着女兒胡鬧，以至於嫁給祥子。不是。他看出來女兒

---

① **釘着坑兒使**：過分地使用。

未必沒那個意思，可是祥子並沒敢往上巴結。

那麼，他留點神就是了，犯不上先招女兒不痛快。

祥子並沒注意老頭子的神氣，他顧不得留神這些開盤兒。假若他有願意離開人和廠的心意，那決不是為賭閒氣，而是盼望着拉上包月。他已有點討厭拉散座兒了，一來是因為搶買賣而被大家看不起，二來是因為每天的收入沒有定數，今天多，明天少，不能預定到幾時才把錢湊足，夠上買車的數兒。他願意心中有個準頭，哪怕是剩的少，只要靠準每月能剩下個死數，他才覺得有希望，才能放心。他是願意一個蘿蔔一個坑的人。

他拉上了包月。哼，和拉散座兒一樣的不順心！這回是在楊宅。楊先生是上海人，楊太太是天津人，楊二太太是蘇州人。一位先生，兩位太太，南腔北調的生了不知有多少孩子。頭一天上工，祥子就差點發了昏。一清早，大太太坐車上市去買菜。回來，分頭送少爺小姐們上學，有上初中的，有上小學的，有上幼稚園的；學校不同，年紀不同，長相不同，可是都一樣的討厭，特別是坐在車上，至老實的也比猴子多着兩手兒。把孩子們都送走，楊先生上衙門。送到衙門，趕緊回來，拉二太太上東安市場或去看親友。回來，接學生回家吃午飯。吃完，再送走。送學生回來，祥子以為可以吃飯了，大太太扯着天津腔，叫他去挑水。楊宅的甜水有人送，洗衣裳的苦水歸車夫去挑。這個工作在條件之外，祥子為對付事情，沒敢爭論，一聲

沒響的給挑滿了缸。放下水桶，剛要去端飯碗，二太太叫他去給買東西。大太太與二太太一向是不和的，可是在家政上，二位的政見倒一致，其中的一項是不准僕人閒一會兒，另一項是不肯看僕人吃飯。祥子不曉得這個，只當是頭一天恰巧趕上宅裏這麼忙，於是又沒説什麼，而自己掏腰包買了幾個燒餅。他愛錢如命，可是為維持事情，不得不狠了心。

　　買東西回來，大太太叫他打掃院子。楊宅的先生，太太，二太太，當出門的時候都打扮得極漂亮，可是屋裏院裏整個的像個大垃圾堆。祥子看着院子直犯噁心，所以只顧了去打掃，而忘了車夫並不兼管打雜兒。院子打掃清爽，二太太叫他順手兒也給屋中掃一掃。祥子也沒駁回，使他驚異的倒是憑兩位太太的體面漂亮，怎能屋裏髒得下不去腳！把屋子也收拾利落了，二太太把個剛到一周歲的小泥鬼交給了他。他沒了辦法。賣力氣的事兒他都在行，他可是沒抱過孩子。他雙手托着這位小少爺，不使勁吧，怕滑溜下去，用力吧，又怕給傷了筋骨，他出了汗。他想把這個寶貝去交給張媽——一個江北的大腳婆子。找到她，劈面就被她罵了頓好的。楊宅用人，向來是三五天一換的，先生與太太們總以為僕人就是家奴，非把窮人的命要了，不足以對得起那點工錢。只有這個張媽，已經跟了他們五六年，唯一的原因是她敢破口就罵，不論先生，哪管太太，招惱了她就是一頓。以楊先生的海式咒罵的

毒辣，以楊太太的天津口的雄壯，以二太太的蘇州調的流利，他們素來是所向無敵的；及至遇到張媽的蠻悍，他們開始感到一種禮尚往來，英雄遇上了好漢的意味，所以頗能賞識她，把她收作了親軍。

祥子生在北方的鄉間，最忌諱隨便罵街。可是他不敢打張媽，因為好漢不和女鬥；也不願還口。他只瞪了她一眼。張媽不再出聲了，彷彿看出點什麼危險來。正在這個工夫，大太太喊祥子去接學生。他把泥娃娃趕緊給二太太送了回去。二太太以為他這是存心輕看她，衝口而出的把他罵了個花瓜。大太太的意思本來也是不樂意祥子替二太太抱孩子，聽見二太太罵他，她也扯開一條油光水滑的嗓子罵，罵的也是他；祥子成了挨罵的藤牌。他急忙拉起車走出去，連生氣似乎也忘了，因為他一向沒見過這樣的事，忽然遇到頭上，他簡直有點發暈。

一批批的把孩子們都接回來，院中比市場還要熱鬧，三個婦女的罵聲，一羣孩子的哭聲，好像大柵欄在散戲時那樣亂，而且亂得莫名其妙。好在他還得去接楊先生，所以急忙的又跑出去，大街上的人喊馬叫似乎還比宅裏的亂法好受一些。

一直轉轉到十二點，祥子才找到歇口氣的工夫。他不止於覺着身上疲乏，腦子裏也老嗡嗡的響；楊家的老少確是已經都睡了，可是他耳朵裏還似乎有先生與太太們的叫罵，像三盤不同的留聲機在他心中亂轉，使他鬧得慌。

顧不得再想什麼，他想睡覺。一進他那間小屋，他心中一涼，又不睏了。一間門房，開了兩個門，中間隔着一層木板。張媽住一邊，他住一邊。屋中沒有燈，靠街的牆上有個二尺來寬的小窗戶，恰好在一枝街燈底下，給屋裏一點亮。屋裏又潮又臭，地上的土有個銅板厚，靠牆放着份鋪板，沒有別的東西。他摸了摸牀板，知道他要是把頭放下，就得把腳蹬在牆上；把腳放平，就得坐起來。他不會睡元寶式的覺。想了半天，他把鋪板往斜裏拉好，這樣兩頭對着屋角，他就可以把頭放平，腿搭拉着點先將就一夜。

從門洞中把鋪蓋搬進來，馬馬虎虎的鋪好，躺下了。腿懸空，不慣，他睡不着。強閉上眼，安慰自己：睡吧，明天還得早起呢！什麼罪都受過，何必單忍不了這個！別看吃喝不好，活兒太累，也許時常打牌，請客，有飯局；咱們出來為的是什麼，祥子？還不是為錢？只要多進錢，什麼也得受着！這樣一想，他心中舒服了許多，聞了聞屋中，也不像先前那麼臭了，慢慢的入了夢；迷迷忽忽的覺得有臭蟲，可也沒顧得去拿。

過了兩天，祥子的心已經涼到底。可是在第四天上，來了女客，張媽忙着擺牌桌。他的心好像凍實了的小湖上忽然來了一陣春風。太太們打起牌來，把孩子們就通通交給了僕人；張媽既是得伺候着煙茶手巾把，那羣小猴自然全歸祥子統轄。他討厭這羣猴子，可是偷偷往屋中瞭了一

眼，大太太管着頭兒錢，像是很認真的樣子。他心裏説：別看這個大娘們厲害，也許並不糊塗，知道乘這種時候給僕人們多弄三毛五毛的。他對猴子們特別的拿出耐心法兒，看在頭兒錢的面上，他得把這羣猴崽子當作少爺小姐看待。

牌局散了，太太叫他把客人送回家。兩位女客急於要同時走，所以得另僱一輛車。祥子喊來一輛，大太太撩袍拖帶的混身找錢，預備着代付客人的車資；客人謙讓了兩句，大太太彷彿要拚命似的喊：

「你這是怎麼了，老妹子！到了我這兒啦，還沒個車錢嗎！老妹子！坐上啦！」她到這時候，才摸出來一毛錢。

祥子看得清清楚楚，遞過那一毛錢的時候，太太的手有點哆嗦。

送完了客，幫着張媽把牌桌什麼的收拾好，祥子看了太太一眼。太太叫張媽去拿點開水，等張媽出了屋門，她拿出一毛錢來：「拿去，別拿眼緊掃搭着我！」

祥子的臉忽然紫了，挺了挺腰，好像頭要頂住房樑，一把抓起那張毛票，摔在太太的胖臉上：「給我四天的工錢！」

「怎嗎札？」太太説完這個，又看了祥子一眼，不言語了，把四天的工錢給了他。拉着鋪蓋剛一出街門，他聽見院裏破口罵上了。

# 六

初秋的夜晚，星光葉影裏陣陣的小風，祥子抬起頭，看着高遠的天河，歎了口氣。這麼涼爽的天，他的胸脯又是那麼寬，可是他覺到空氣彷彿不夠，胸中非常憋悶。他想坐下痛哭一場。以自己的體格，以自己的忍性，以自己的要強，會讓人當作豬狗，會維持不住一個事情，他不只怨恨楊家那一夥人，而渺茫的覺到一種無望，恐怕自己一輩子不會再有什麼起色了。拉着鋪蓋卷，他越走越慢，好像自己已經不是拿起腿就能跑個十里八里的祥子了。

到了大街上，行人已少，可是街燈很亮，他更覺得空曠渺茫，不知道往哪裏去好了。上哪兒？自然是回人和廠。心中又有些難過。作買賣的，賣力氣的，不怕沒有生意，倒怕有了照顧主兒而沒作成買賣，像飯舖理髮館進來客人，看了一眼，又走出去那樣。祥子明知道上工辭工是常有的事，此處不留爺，自有留爺處。可是，他是低聲下氣的維持事情，捨着臉為是買上車，而結果還是三天半的事兒，跟那些串慣宅門的老油子一個樣，他覺着傷心。他幾乎覺得沒臉再進人和廠，而給大家當笑話說：「瞧瞧，駱駝祥子敢情也是三天半就吹呀，哼！」

不上人和廠，又上哪裏去呢？為免得再為這個事思索，他一直走向西安門大街去。人和廠的前臉是三間舖面房，當中的一間作為櫃房，只許車夫們進來交賬或交涉事情，並不准隨便來回打穿堂兒，因為東間與西間是劉家父

女的臥室。西間的旁邊有一個車門，兩扇綠漆大門，上面彎着一根粗鐵條，懸着一盞極亮的，沒有罩子的電燈，燈下橫懸着鐵片塗金的四個字——「人和車廠」。車夫們出車收車和隨時來往都走這個門。門上的漆深綠，配着上面的金字，都被那枝白亮亮的電燈照得發光；出來進去的又都是漂亮的車，黑漆的黃漆的都一樣的油汪汪發光，配着雪白的墊套，連車夫們都感到一些驕傲，彷彿都自居為車夫中的貴族。由大門進去，拐過前臉的西間，才是個四四方方的大院子，中間有棵老槐。東西房全是敞臉的，是存車的所在；南房和南房後面小院裏的幾間小屋，全是車夫的宿舍。

大概有十一點多了，祥子看見了人和廠那盞極明而怪孤單的燈。櫃房和東間沒有燈光，西間可是還亮着。他知道虎姑娘還沒睡。他想輕手躡腳的進去，別教虎姑娘看見；正因為她平日很看得起他，所以不願頭一個就被她看見他的失敗。他剛把車拉到她的窗下，虎妞由車門裏出來了：

「喲，祥子？怎——」她剛要往下問，一看祥子垂頭喪氣的樣子，車上拉着鋪蓋卷，把話嚥了回去。

怕什麼有什麼，祥子心裏的慚愧與氣悶凝成一團，登時立住了腳，呆在了那裏。說不出話來，他傻看着虎姑娘。她今天也異樣，不知是電燈照的，還是擦了粉，臉上比平日白了許多；臉上白了些，就掩去好多她的兇氣。嘴

唇上的確是抹着點胭脂，使虎妞帶出些媚氣；祥子看到這裏，覺得非常的奇怪，心中更加慌亂，因為平日沒拿她當過女人看待，驟然看到這紅唇，心中忽然感到點不好意思。她上身穿着件淺綠的綢子小夾襖，下面一條青洋縐肥腿的單褲。綠襖在電燈下閃出些柔軟而微帶淒慘的絲光，因為短小，還露出一點點白褲腰來，使綠色更加明顯素淨。下面的肥黑褲被小風吹得微動，像一些什麼陰森的氣兒，想要擺脱開那賊亮的燈光，而與黑夜聯成一氣。祥子不敢再看了，茫然的低下頭去，心中還存着個小小的帶光的綠襖。虎姑娘一向，他曉得，不這樣打扮。以劉家的財力説，她滿可以天天穿着綢緞，可是終日與車夫們打交待，她總是布衣布褲，即使有些花色，在布上也就不惹眼。祥子好似看見一個非常新異的東西，既熟識，又新異，所以心中有點發亂。

　　心中原本苦惱，又在極強的燈光下遇見這新異的活東西，他沒有了主意。自己既不肯動，他倒希望虎姑娘快快進屋去，或是命令他幹點什麼，簡直受不了這樣的折磨，一種什麼也不像而非常難過的折磨。

　　「嗨！」她往前湊了一步，聲音不高的説：「別愣着！去，把車放下，趕緊回來，有話跟你説。屋裏見。」

　　平日幫她辦慣了事，他只好服從。但是今天她和往日不同，他很想要思索一下；愣在那裏去想，又怪僵得慌；他沒主意，把車拉了進去。看看南屋，沒有燈光，大概是

都睡了；或者還有沒收車的。把車放好，他折回到她的門前。忽然，他的心跳起來。

「進來呀，有話跟你說！」她探出頭來，半笑半惱的說。

他慢慢走了進去。

桌上有幾個還不甚熟的白梨，皮兒還發青。一把酒壺，三個白磁酒盅。一個頭號大盤子，擺着半隻醬雞，和些熏肝醬肚之類的吃食。

「你瞧，」虎姑娘指給他一個椅子，看他坐下了，才說：「你瞧，我今天吃犒勞，你也吃點！」說着，她給他斟上一杯酒；白乾酒的辣味，混合上熏醬肉味，顯着特別的濃厚沉重。「喝吧，吃了這個雞；我已早吃過了，不必讓！我剛才用骨牌打了一卦，準知道你回來，靈不靈？」

「我不喝酒！」祥子看着酒盅出神。

「不喝就滾出去；好心好意，不領情是怎着？你個傻駱駝！辣不死你！連我還能喝四兩呢。不信，你看看！」她把酒盅端起來，灌了多半盅，一閉眼，哈了一聲。舉着盅兒：「你喝！要不我揪耳朵灌你！」

祥子一肚子的怨氣，無處發洩；遇到這種戲弄，真想和她瞪眼。可是他知道，虎姑娘一向對他不錯，而且她對誰都是那麼直爽，他不應當得罪她。既然不肯得罪她，再一想，就爽性和她訴訴委屈吧。自己素來不大愛說話，可是今天似乎有千言萬語在心中憋悶着，非說說不痛快。這

麼一想，他覺得虎姑娘不是戲弄他，而是坦白的愛護他。他把酒盅接過來，喝乾。一股辣氣慢慢的，準確的，有力的，往下走，他伸長了脖子，挺直了胸，打了兩個不十分便利的嗝兒。

虎妞笑起來。他好容易把這口酒調動下去，聽到這個笑聲，趕緊向東間那邊看了看。

「沒人，」她把笑聲收了，臉上可還留着笑容。「老頭子給姑媽作壽去了，得有兩三天的耽誤呢；姑媽在南苑住。」一邊說，一邊又給他倒滿了盅。

聽到這個，他心中轉了個彎，覺出在哪兒似乎有些不對的地方。同時，他又捨不得出去；她的臉是離他那麼近，她的衣裳是那麼乾淨光滑，她的唇是那麼紅，都使他覺到一種新的刺激。她還是那麼老醜，可是比往常添加了一些活力，好似她忽然變成另一個人，還是她，但多了一些什麼。他不敢對這點新的什麼去詳細的思索，一時又不敢隨便的接受，可也不忍得拒絕。他的臉紅起來。好像為是壯壯自己的膽氣，他又喝了口酒。剛才他想對她訴訴委屈，此刻又忘了。紅着臉，他不由的多看了她幾眼。越看，他心中越亂；她越來越顯出他所不明白的那點什麼，越來越有一點什麼熱辣辣的力量傳遞過來，漸漸的她變成一個抽象的什麼東西。他警告着自己，須要小心；可是他又要大膽。他連喝了三盅酒，忘了什麼叫作小心。迷迷忽忽的看着她，他不知為什麼覺得非常痛快，大膽；極勇敢

的要馬上抓到一種新的經驗與快樂。平日，他有點怕她；現在，她沒有一點可怕的地方了。他自己反倒變成了有威嚴與力氣的，似乎能把她當作個貓似的，拿到手中。

屋內滅了燈。天上很黑。不時有一兩個星刺入了銀河，或劃進黑暗中，帶着發紅或發白的光尾，輕飄的或硬挺的，直墜或橫掃着，有時也點動着，顫抖着，給天上一些光熱的動盪，給黑暗一些閃爍的爆裂。有時一兩個星，有時好幾個星，同時飛落，使靜寂的秋空微顫，使萬星一時迷亂起來。有時一個單獨的巨星橫刺入天角，光尾極長，放射着星花；紅，漸黃；在最後的挺進，忽然狂悅似的把天角照白了一條，好像刺開萬重的黑暗，透進並逗留一些乳白的光。餘光散盡，黑暗似晃動了幾下，又包合起來，靜靜懶懶的羣星又復了原位，在秋風上微笑。地上飛着些尋求情侶的秋螢，也作着星樣的遊戲。

第二天，祥子起得很早，拉起車就出去了。頭與喉中都有點發痛，這是因為第一次喝酒，他倒沒去注意。坐在一個小胡同口上，清晨的小風吹着他的頭，他知道這點頭疼不久就會過去。可是他心中另有一些事兒，使他憋悶得慌，而且一時沒有方法去開脫。昨天夜裏的事教他疑惑，羞愧，難過，並且覺着有點危險。

他不明白虎姑娘是怎麼回事。她已早不是處女，祥子在幾點鐘前才知道。他一向很敬重她，而且沒有聽説過她有什麼不規矩的地方；雖然她對大家很隨便爽快，可是大

家沒在背地裏講論過她；即使車夫中有說她壞話的，也是說她厲害，沒有別的。那麼，為什麼有昨夜那一場呢？

這個既顯着糊塗，祥子也懷疑了昨晚的事兒。她知道他沒在車廠裏，怎能是一心一意的等着他？假若是隨便哪個都可以的話……祥子把頭低下去。他來自鄉間，雖然一向沒有想到娶親的事，可是心中並非沒有個算計；假若他有了自己的車，生活舒服了一些，而且願意娶親的話，他必定到鄉下娶個年輕力壯，吃得苦，能洗能作的姑娘。像他那個歲數的小伙子們，即使有人管着，哪個不偷偷的跑「**白房子**」①？祥子始終不肯隨和，一來他自居為要強的人，不能把錢花在娘兒們身上；二來他親眼得見那些花冤錢的傻子們——有的才十八九歲——在廁所裏頭頂着牆還撒不出尿來。最後，他必須規規矩矩，才能對得起將來的老婆，因為一旦要娶，就必娶個一清二白的姑娘，所以自己也得像那麼回事兒。可是現在，現在……想起虎妞，設若當個朋友看，她確是不錯；當個娘們看，她醜，老，厲害，不要臉！就是想起搶去他的車，而且幾乎要了他的命的那些大兵，也沒有像想起她這麼可恨可厭！她把他由鄉間帶來的那點清涼勁兒毀盡了，他現在成了個偷娘們的人！

再說，這個事要是吵嚷開，被劉四知道了呢？劉四

---

① 「**白房子**」：老北京最下等的妓院。

曉得不曉得他女兒是個破貨呢？假若不知道，祥子豈不獨
自背上黑鍋？假若早就知道而不願意管束女兒，那麼他們
父女是什麼東西呢？他和這樣人攪合着，他自己又是什麼
東西呢？就是他們父女都願意，他也不能要她；不管劉老
頭子是有六十輛車，還是六百輛，六千輛！他得馬上離開
人和廠，跟他們一刀兩斷。祥子有祥子的本事，憑着自己
的本事買上車，娶上老婆，這才正大光明！想到這裏，他
抬起頭來，覺得自己是個好漢子，沒有可怕的，沒有可慮
的，只要自己好好的幹，就必定成功。

　　讓了兩次座兒，都沒能拉上。那點彆扭勁兒又忽然回
來了。不願再思索，可是心中堵得慌。這回事似乎與其他
的事全不同，即使有了解決的辦法，也不易隨便的忘掉。
不但身上好像粘上了點什麼，心中也彷彿多了一個黑點
兒，永遠不能再洗去。不管怎樣的憤恨，怎樣的討厭她，
她似乎老抓住了他的心，越不願再想，她越忽然的從他心
中跳出來，一個赤裸裸的她，把一切醜陋與美好一下子，
整個的都交給了他，像買了一堆破爛那樣，碎銅爛鐵之中
也有一二發光的有色的小物件，使人不忍得拒絕。他沒和
任何人這樣親密過，雖然是突乎其來，雖然是個騙誘，到
底這樣的關係不能隨便的忘記，就是想把它放在一旁，它
自自然然會在心中盤繞，像生了根似的。這對他不僅是個
經驗，而也是一種什麼形容不出來的擾亂，使他不知如何
是好。他對她，對自己，對現在與將來，都沒辦法，彷彿

是碰在蛛網上的一個小蟲，想掙扎已來不及了。

迷迷糊糊的他拉了幾個買賣。就是在奔跑的時節，他的心中也沒忘了這件事，並非清清楚楚的，有頭有尾的想起來，而是時時想到一個什麼意思，或一點什麼滋味，或一些什麼感情，都是渺茫，而又親切。他很想獨自去喝酒，喝得人事不知，他也許能痛快一些，不能再受這個折磨！可是他不敢去喝。他不能為這件事毀壞了自己。他又想起買車的事來。但是他不能專心的去想，老有一點什麼攔阻着他的心思；還沒想到車，這點東西已經偷偷的溜出來，佔住他的心，像塊黑雲遮住了太陽，把光明打斷。到了晚間，打算收車，他更難過了。他必須回車廠，可是真怕回去。假如遇上她呢，怎辦？他拉着空車在街上繞，兩三次已離車廠不遠，又轉回頭來往別處走，很像初次逃學的孩子不敢進家門那樣。

奇怪的是，他越想躲避她，同時也越想遇到她，天越黑，這個想頭越來得厲害。一種明知不妥，而很願試試的大膽與迷惑緊緊的捉住他的心，小的時候去用竿子捅馬蜂窩就是這樣，害怕，可是心中跳着要去試試，像有什麼邪氣催着自己似的。渺茫的他覺到一種比自己還更有力氣的勁頭兒，把他要揉成一個圓球，拋到一團烈火裏去；他沒法阻止住自己的前進。

他又繞回西安門來，這次他不想再遲疑，要直入公堂的找她去。她已不是任何人，她只是個女子。他的全身都

熱起來。剛走到門臉上，燈光下走來個四十多歲的男人，他似乎認識這個人的面貌態度，可是不敢去招呼。幾乎是本能的，他說了聲：「車嗎？」那個人愣了一愣：「祥子？」

「是呀，」祥子笑了。「曹先生？」

曹先生笑着點了點頭。「我說祥子，你要是沒在宅門裏的話，還上我那兒來吧？我現在用着的人太懶，他老不管擦車，雖然跑得也怪麻利①的；你來不來？」

「還能不來，先生！」祥子似乎連怎樣笑都忘了，用小毛巾不住的擦臉。「先生，我幾兒上工呢？」

「那什麼，」曹先生想了想，「後天吧。」

「是了，先生！」祥子也想了想：「先生，我送回你去吧？」

「不用；我不是到上海去了一程子②嗎，回來以後，我不在老地方住了。現在住在北長街；我晚上出來走走。後天見吧。」曹先生告訴了祥子門牌號數，又找補了一句：「還是用我自己的車。」

祥子痛快得要飛起來，這些日子的苦惱全忽然一齊鏟淨，像大雨沖過的白石路。曹先生是他的舊主人，雖然在一塊沒有多少日子，可是感情頂好；曹先生是非常和氣的

---

① 麻利：快的意思。
② 程子：即一些日子。

人，而且家中人口不多，只有一位太太，和一個小男孩。

他拉着車一直奔了人和廠去。虎姑娘屋中的燈還亮着呢。一見這個燈亮，祥子猛的木在那裏。

立了好久，他決定進去見她；告訴她他又找到了包月；把這兩天的車份兒交上；要出他的儲蓄；從此一刀兩斷——這自然不便明說，她總會明白的。

他進去先把車放好，而後回來大着膽叫了聲劉姑娘。

「進來！」

他推開門，她正在牀上斜着呢，穿着平常的衣褲，赤着腳。依舊斜着身，她說：「怎樣？吃出甜頭來了是怎着？」

祥子的臉紅得像生小孩時送人的雞蛋。愣了半天，他遲遲頓頓的說：「我又找好了事，後天上工。人家自己有車⋯⋯」

她把話接了過來：「你這小子不懂好歹！」她坐起來，半笑半惱的指着他：「這兒有你的吃，有你的穿；非去出臭汗不過癮是怎着？老頭子管不了我，我不能守一輩女兒寡！就是老頭子真犯牛脖子，我手裏也有倆體己[①]，咱倆也能弄上兩三輛車，一天進個塊兒八毛的，不比你成天滿街跑臭腿去強？我哪點不好？除了我比你大一點，也大不了多少！我可是能護着你，疼你呢！」

---

① 體己：私人儲蓄，私房錢。

「我願意去拉車！」祥子找不出別的辯駁。

「地道窩窩頭腦袋！你先坐下，咬不着你！」她說完，笑了笑，露出一對虎牙。

祥子青筋蹦跳的坐下。「我那點錢呢？」

「老頭子手裏呢；丟不了，甭害怕；你還別跟他要，你知道他的脾氣？夠買車的數兒，你再要，一個小子兒也短不了你的；現在要，他要不罵出你的魂來才怪！他對你不錯！丟不了，短一個我賠你倆！你個鄉下腦殼！別讓我損你啦！」

祥子又沒的說了，低着頭掏了半天，把兩天的車租掏出來，放在桌上：「兩天的。」臨時想起來：「今兒個就算交車，明兒個我歇一天。」他心中一點也不想歇息一天；不過，這樣顯着乾脆；交了車，以後再也不住人和廠。

虎姑娘過來，把錢抓在手中，往他的衣袋裏塞：「這兩天連車帶人都白送了！你這小子有點運氣！別忘恩負義就得了！」說完，她一轉身把門倒鎖上。

# 七

祥子上了曹宅。

對虎姑娘，他覺得有點羞愧。可是事兒既出於她的引誘，況且他又不想貪圖她的金錢，他以為從此和她一刀兩斷也就沒有什麼十分對不住人的地方了。他所不放心的倒

是劉四爺拿着他的那點錢。馬上去要，恐怕老頭子多心。從此不再去見他們父女，也許虎姑娘一怒，對老頭子說幾句壞話，而把那點錢「炸了醬」[1]。還繼續着託老頭子給存錢吧，一到人和廠就得碰上她，也怪難以為情。他想不出妥當的辦法，越沒辦法也就越不放心。

他頗想向曹先生要個主意，可是怎麼說呢？對虎姑娘的那一段是對誰也講不得的。想到這兒，他真後悔了；這件事是，他開始明白過來，不能一刀兩斷的。這種事是永遠洗不清的，像肉上的一塊黑瘢。無緣無故的丟了車，無緣無故的又來了這層纏繞，他覺得他這一輩子大概就這麼完了，無論自己怎麼要強，全算白饒。想來想去，他看出這麼點來：大概到最後，他還得捨着臉要虎姑娘；不為要她，還不為要那幾輛車麼？「當王八的吃倆炒肉」！他不能忍受，可是到了時候還許非此不可！只好還往前幹吧，幹着好的，等着壞的；他不敢再像從前那樣自信了。他的身量，力氣，心胸，都算不了一回事；命是自己的，可是教別人管着；教些什麼頂混帳的東西管着。

按理說，他應當很痛快，因為曹宅是，在他所混過的宅門裏，頂可愛的。曹宅的工錢並不比別處多，除了三節的賞錢也沒有很多的零錢，可是曹先生與曹太太都非常的和氣，拿誰也當個人對待。祥子願意多掙錢，拚命的掙

---

① 「炸了醬」：指財物被硬扣下、吞沒。

錢，但是他也願意有個像間屋子的住處，和可以吃得飽的飯食。曹宅處處很乾淨，連下房也是如此；曹宅的飯食不苦，而且決不給下人臭東西吃。自己有間寬綽的屋子，又可以消消停停的吃三頓飯，再加上主人很客氣，祥子，連祥子，也不肯專在錢上站着了。況且吃住都合適，工作又不累，把身體養得好好的也不是吃虧的事。自己掏錢吃飯，他決不會吃得這麼樣好，現在既有現成的菜飯，而且吃了不會由脊梁骨下去，他為什麼不往飽裏吃呢；飯也是錢買來的，這筆賬他算得很清楚。吃得好，睡得好，自己可以乾乾淨淨像個人似的，是不容易找到的事。況且，雖然曹家不打牌，不常請客，沒什麼零錢，可是作點什麼臨時的工作也都能得個一毛兩毛的。比如太太叫他給小孩兒去買丸藥，她必多給他一毛錢，叫他坐車去，雖然明知道他比誰也跑的快。這點錢不算什麼，可是使他覺到一種人情，一種體諒，使人心中痛快。祥子遇見過的主人也不算少了，十個倒有九個是能晚給一天工錢，就晚給一天，表示出頂好是白用人，而且僕人根本是貓狗，或者還不如貓狗。曹家的人是個例外，所以他喜歡在這兒。他去收拾院子，澆花，都不等他們吩咐他，而他們每見到他作這些事也必說些好聽的話，更乘着這種時節，他們找出些破舊的東西，教他去換洋火，雖然那些東西還都可以用，而他也就自己留下。在這裏，他覺出點人味兒。

　　在祥子眼裏，劉四爺可以算作黃天霸。雖然厲害，可

是講面子，叫字號，決不一面兒黑。他心中的體面人物，除了黃天霸，就得算是那位孔聖人。他莫名其妙孔聖人到底是怎樣的人物，不過據說是認識許多的字，還挺講理。在他所混過的宅門裏，有文的也有武的；武的裏，連一個能趕上劉四爺的還沒有；文的中，雖然有在大學堂教書的先生，也有在衙門裏當好差事的，字當然認識不少了，可是沒遇到一個講理的。就是先生講點理，太太小姐們也很難伺候。只有曹先生既認識字，又講理，而且曹太太也規規矩矩的得人心。所以曹先生必是孔聖人；假若祥子想不起孔聖人是什麼模樣，那就必應當像曹先生，不管孔聖人願意不願意。

其實呢，曹先生並不怎麼高明。他只是個有時候教點書，有時候也作些別的事的一個中等人物。他自居為「社會主義者」，同時也是個唯美主義者，很受了**維廉·莫利司**①一點兒影響。在政治上，藝術上，他都並沒有高深的見解；不過他有一點好處：他所信仰的那一點點，都能在生活中的小事件上實行出來。他似乎看出來，自己並沒有驚人的才力，能夠作出些驚天動地的事業，所以就按着自己的理想來布置自己的工作與家庭；雖然無補於社會，可是至少也願言行一致，不落個假冒為善。因此，在小的事情上他都很注意，彷彿是說只要把小小的家庭整理得美好，

---

① **維廉·莫利司**（1834－1896）：英國詩人，美術家。

那麼社會怎樣滿可以隨便。這有時使他自愧，有時也使他自喜，似乎看得明明白白，他的家庭是沙漠中的一個小綠洲，只能供給來到此地的一些清水與食物，沒有更大的意義。

祥子恰好來到了這個小綠洲；在沙漠中走了這麼多日子，他以為這是個奇跡。他一向沒遇到過像曹先生這樣的人，所以他把這個人看成聖賢。這也許是他的經驗少，也許是世界上連這樣的人也不多見。拉着曹先生出去，曹先生的服裝是那麼淡雅，人是那麼活潑大方，他自己是那麼乾淨利落，魁梧雄壯，他就跑得分外高興，好像只有他才配拉着曹先生似的。在家裏呢，處處又是那麼清潔，永遠是那麼安靜，使他覺得舒服安定。當在鄉間的時候，他常看到老人們在冬日或秋月下，叼着竹管煙袋一聲不響的坐着，他雖年歲還小，不能學這些老人，可是他愛看他們這樣靜靜的坐着，必是──他揣摩着──有點什麼滋味。現在，他雖是在城裏，可是曹宅的清靜足以讓他想起鄉間來，他真願抽上個煙袋，咂摸着一點什麼滋味。

不幸，那個女的和那點錢教他不能安心；他的心像一個綠葉，被個蟲兒用絲給纏起來，預備作繭。為這點事，他自己放不下心；對別人，甚至是對曹先生，時時發愣，所答非所問。這使他非常的難過。曹宅睡得很早，到晚間九點多鐘就可以沒事了，他獨自坐在屋中或院裏，翻來覆去的想，想的是這兩件事。他甚至想起馬上就去娶親，這

樣必定能夠斷了虎妞的念頭。可是憑着拉車怎能養家呢？他曉得大雜院中的苦哥兒們，男的拉車，女的縫窮，孩子們撿煤核，夏天在土堆上拾西瓜皮啃，冬天全去趕粥廠。祥子不能受這個。再說呢，假若他娶了親，劉老頭子手裏那點錢就必定要不回來；虎妞豈肯輕饒了他呢！他不能捨了那點錢，那是用命換來的！

他自己的那輛車是去年秋初買的。一年多了，他現在什麼也沒有，只有要不出來的三十多塊錢，和一些纏繞！他越想越不高興。

中秋節後十多天了，天氣慢慢涼上來。他算計着得添兩件穿的。又是錢！買了衣裳就不能同時把錢還剩下，買車的希望，簡直不敢再希望了！即使老拉包月，這一輩子又算怎回事呢？

一天晚間，曹先生由東城回來的晚一點。祥子為是小心，由天安門前全走馬路。敞平的路，沒有什麼人，微微的涼風，靜靜的燈光，他跑上了勁來。許多日子心中的憋悶，暫時忘記了，聽着自己的腳步，和車弓子的輕響，他忘記了一切。解開了鈕扣，涼風颼颼的吹着胸，他覺到痛快，好像就這麼跑下去，一直跑到不知什麼地方，跑死也倒乾脆。越跑越快，前面有一輛，他「開」一輛，一會兒就過了天安門。他的腳似乎是兩個彈簧，幾乎是微一着地便彈起來；後面的車輪轉得已經看不出條來，皮輪彷彿已經離開了地，連人帶車都像被陣急風吹起來了似的。曹先

生被涼風一颼，大概是半睡着了，要不然他必會阻止祥子這樣的飛跑。祥子是跑開了腿，心中渺茫的想到，出一身透汗，今天可以睡痛快覺了，不至於再思慮什麼。

　　已離北長街不遠，馬路的北半，被紅牆外的槐林遮得很黑。祥子剛想收步，腳已碰到一些高起來的東西。腳到，車輪也到了。祥子栽了出去。咯喳，車把斷了。「怎麼了？」曹先生隨着自己的話跌出來。祥子沒出一聲，就地爬起。曹先生也輕快的坐起來。「怎麼了？」

　　新卸的一堆補路的石塊，可是沒有放紅燈。

　　「摔着沒有？」祥子問。

「沒有；我走回去吧，你拉着車。」曹先生還鎮定，在石塊上摸了摸有沒有落下來的東西。

祥子摸着了已斷的一截車把：「沒折多少，先生還坐上，能拉！」說着，他一把將車從石頭中扯出來。「坐上，先生！」

曹先生不想再坐，可是聽出祥子的話帶着哭音，他只好上去了。

到了北長街口的電燈下面，曹先生看見自己的右手擦去一塊皮。「祥子你站住！」

祥子一回頭，臉上滿是血。

曹先生害了怕，想不起說什麼好，「你快，快——」

祥子莫名其妙，以為是教他快跑呢，他一拿腰，一氣跑到了家。

放下車，他看見曹先生手上有血，急忙往院裏跑，想去和太太要藥。

「別管我，先看你自己吧！」曹先生跑了進去。

祥子看了看自己，開始覺出疼痛，雙膝，右肘全破了；臉蛋上，他以為流的是汗，原來是血。不顧得幹什麼，想什麼，他坐在門洞的石階上，呆呆的看着斷了把的車。嶄新黑漆的車，把頭折了一段，禿磕磕的露着兩塊白木磕兒，非常的不調和，難看，像糊好的漂亮紙人還沒有安上腳，光出溜的插着兩根秫秸稈那樣。祥子呆呆的看着這兩塊白木磕兒。

「祥子！」曹家的女僕高媽響亮的叫，「祥子！你在哪兒呢？」

他坐着沒動，不錯眼珠的釘着那破車把，那兩塊白木碴兒好似插到他的心裏。

「你是怎個碴兒呀！一聲不出，藏在這兒；你瞧，嚇我一跳！先生叫你哪！」高媽的話永遠是把事情與感情都攪合起來，顯着既複雜又動人。她是三十二三歲的寡婦，乾淨，爽快，作事麻利又仔細。在別處，有人嫌她太張道，主意多，時常有些神眉鬼道兒的。曹家喜歡用乾淨瞭亮的人，而又不大注意那些**小過節兒**[①]，所以她跟了他們已經二三年，就是曹家全家到別處去也老帶着她。「先生叫你哪！」她又重了一句。及至祥子立起來，她看明他臉上的血：「可嚇死我了，我的媽！這是怎麼了？你還不動換哪，得了破傷風還了得！快走！先生那兒有藥！」

祥子在前邊走，高媽在後邊叨嘮，一同進了書房。曹太太也在這裏，正給先生裹手上藥，見祥子進來，她也「喲」了一聲。

「太太，他這下子可是摔得夠瞧的。」高媽唯恐太太看不出來，忙着往臉盆裏倒涼水，更忙着説話：「我就早知道嗎，他一跑起來就不顧命，早晚是得出點岔兒。果不其然！還不快洗洗哪？洗完好上點藥，真！」

---

① **小過節兒**：過失，錯誤。這裏指細節，小規矩。

　　祥子托着右肘，不動。書房裏是那麼乾淨雅趣，立着他這麼個滿臉血的大漢，非常的不像樣，大家似乎都覺出有點什麼不對的地方，連高媽也沒了話。

　　「先生！」祥子低着頭，聲音很低，可是很有力：「先生另找人吧！這個月的工錢，你留着收拾車吧：車把斷了，左邊的燈碎了塊玻璃；別處倒都好好的呢。」

　　「先洗洗，上點藥，再說別的。」曹先生看着自己的手說，太太正給慢慢的往上纏紗布。

　　「先洗洗！」高媽也又想起話來。「先生並沒說什麼呀，你別先倒打一瓦！」

　　祥子還不動。「不用洗，一會兒就好！一個拉包月的，摔了人，碰了車，沒臉再……」他的話不夠幫助說完全了他的意思，可是他的感情已經發洩淨盡，只差着放聲哭了。辭事，讓工錢，在祥子看就差不多等於自殺。可是責任，臉面，在這時候似乎比命還重要，因為摔的不是別人，而是曹先生。假若他把那位楊太太摔了，摔了就摔了，活該！對楊太太，他可以拿出街面上的蠻橫勁兒，因為她不拿人待他，他也不便客氣；錢是一切，說不着什麼臉面，哪叫規矩。曹先生根本不是那樣的人，他得犧牲了錢，好保住臉面。他顧不得恨誰，只恨自己的命，他差不多想到：從曹家出去，他就永不再拉車；自己的命即使不值錢，可以拚上；人家的命呢？真要摔死一口子，怎辦呢？以前他沒想到過這個，因為這次是把曹先生摔傷，所

以悟過這個理兒來。好吧，工錢可以不要，從此改行，不再幹這背着人命的事。拉車是他理想的職業，擱下這個就等於放棄了希望。他覺得他的一生就得窩窩囊囊的混過去了，連成個好拉車的也不用再想，空長了那麼大的身量！在外面拉散座的時候，他曾毫不客氣的「抄」①買賣，被大家嘲罵，可是這樣的不要臉正是因為自己要強，想買上車，他可以原諒自己。拉包月而惹了禍，自己有什麼可說的呢？這要被人知道了，祥子摔人，碰壞了車；哪道拉包車的，什麼玩藝！祥子沒了出路！他不能等曹先生辭他，只好自己先滾吧！

「祥子，」曹先生的手已裹好，「你洗洗！先不用說什麼辭工。不是你的錯兒，放石頭就應當放個紅燈。算了吧，洗洗，上點藥。」

「是呀，先生，」高媽又想起話來，「祥子是**磨不開**②；本來嗎，把先生摔得這個樣！可是，先生既說不是你的錯兒，你也甭再彆扭啦！瞧他這樣，身大力不虧的，還和小孩一樣呢，倒是真着急！太太說一句，叫他放心吧！」高媽的話很像留聲機片，是轉着圓圈說的，把大家都說在裏邊，而沒有起承轉合的痕跡。

「快洗洗吧，我怕！」曹太太只說了這麼一句。

祥子的心中很亂，末了聽到太太說怕血，似乎找到了一件可以安慰她的事；把臉盆搬出來，在書房門口洗了幾把。高媽拿着藥瓶在門內等着他。

「胳臂和腿上呢？」高媽給他臉上塗抹了一氣。

祥子搖了搖頭，「不要緊！」

曹氏夫婦去休息。高媽拿着藥瓶，跟出祥子來。到了他屋中，她把藥瓶放下，立在屋門口裏：「待會兒你自己抹抹吧。我說，為這點事不必那麼吃心。當初，有我老頭子活着的日子，我也是常辭工。一來是，我在外頭受累，他不要強，教我生氣。二來是，年輕氣兒粗，一句話不投緣，散！賣力氣掙錢，不是奴才；你有你的臭錢，我泥人也有個土性兒；老太太有個伺候不着！現在我可好多了，老頭子一死，我沒什麼掛念的了，脾氣也就好了點。這兒呢——我在這兒小三年子了；可不是，九月九上的工——零錢太少，可是他們對人還不錯。咱們賣的是力氣，為的是錢；淨說好的當不了一回事。可是話又得這麼說，把事情看長遠了也有好處：三天兩頭的散工，一年倒歇上六個月，也不上算；莫若遇上個和氣的主兒，架不住幹日子多了，零錢就是少點，可是靠常兒混下去也能剩倆錢。今兒個的事，先生既沒說什麼，算了就算了，何必呢。也不是我攀個大，你還是小兄弟呢，容易掛火。一點也不必，火氣壯當不了吃飯。像你這麼老實巴焦的，安安頓頓的在這兒混些日子，總比**滿天打油飛**③去強。我一點也不是向着

---

① 「抄」：把別人正在進行的生意搶過來。

② 磨不開：不好意思，難為情，拉不下面子。

③ 滿天打油飛：即各處遊蕩，沒個地方落腳。

他們説話，我是為你，在一塊兒都怪好的！」她喘了口氣：「得，明兒見；甭犯牛勁，我是直心眼，有一句説一句！」

祥子的右肘很疼，半夜也沒睡着。顛算了七開八得，他覺得高媽的話有理。什麼也是假的，只有錢是真的。省錢買車；掛火當不了吃飯！想到這，來了一點平安的睡意。

# 八

曹先生把車收拾好，並沒扣祥子的工錢。曹太太給他兩丸「三黃寶蠟」[①]，他也沒吃。他沒再提辭工的事。雖然好幾天總覺得不大好意思，可是高媽的話得到最後的勝利。過了些日子，生活又合了轍，他把這件事漸漸忘掉，一切的希望又重新發了芽。獨坐在屋中的時候，他的眼發着亮光，去盤算怎樣省錢，怎樣買車；嘴裏還不住的嘟囔，像有點心病似的。他的演算法很不高明，可是心中和嘴上常常唸着「六六三十六」；這並與他的錢數沒多少關係，不過是這麼唸道，心中好像是充實一些，真像有一本賬似的。

他對高媽有相當的佩服，覺得這個女人比一般的男子還有心路與能力，她的話是抄着根兒來的。他不敢趕上

---

① 「三黃寶蠟」：一種中藥藥丸，由藤黃、天竺黃、雄黃等製成，能活血、祛瘀、解毒等。

她去閒談，但在院中或門口遇上她，她若有工夫說幾句，他就很願意聽她說。她每說一套，總夠他思索半天的，所以每逢遇上她，他會傻傻忽忽的一笑，使她明白他是佩服她的話，她也就覺到點得意，即使沒有工夫，也得扯上幾句。

不過，對於錢的處置方法，他可不敢冒兒咕咚的就隨着她的主意走。她的主意，他以為，實在不算壞；可是多少有點冒險。他很願意聽她說，好多學些招數，心裏顯着寬綽；在實行上，他還是那個老主意——不輕易撒手錢。

不錯，高媽的確有辦法：自從她守了寡，她就把月間所能剩下的一點錢放出去，一塊也是一筆，兩塊也是一筆，放給作僕人的，當二三等巡警的，和作小買賣的，利錢至少是三分。這些人時常為一塊錢急得紅着眼轉磨，就是有人借給他們一塊而當兩塊算，他們也得伸手接着。除了這樣，錢就不會教他們看見；他們所看見的錢上有毒，接過來便會抽乾他們的血，但是他們還得接着。凡是能使他們緩一口氣的，他們就有膽子拿起來；生命就是且緩一口氣再講，明天再說明天的。高媽，在她丈夫活着的時候，就曾經受着這個毒。她的丈夫喝醉來找她，非有一塊錢不能打發；沒有，他就在宅門外醉鬧；她沒辦法，不管多大的利息也得馬上借到這塊錢。由這種經驗，她學來這種方法，並不是想報復，而是拿它當作合理的，幾乎是救急的慈善事。有急等用錢的，有願意借出去的，周瑜打黃

蓋，願打願挨！

　　在宗旨上，她既以為這沒有什麼下不去的地方，那麼在方法上她就得厲害一點，不能拿錢打水上飄；幹什麼說什麼。這需要眼光，手段，小心，潑辣，好不至都**放了鷹**①。她比銀行經理並不少費心血，因為她需要更多的小心謹慎。資本有大小，主義是一樣，因為這是資本主義的社會，像一個極細極大的篩子，一點一點的從上面往下篩錢，越往下錢越少；同時，也往下篩主義，可是上下一邊兒多，因為主義不像錢那樣怕篩眼小，它是無形體的，隨便由什麼極小的孔中也能溜下來。大家都說高媽厲害，她自己也這麼承認；她的厲害是由困苦中折磨中鍛煉出來的。一想起過去的苦處，連自己的丈夫都那樣的無情無理，她就咬上了牙。她可以很和氣，也可以很毒辣，她知道非如此不能在這個世界上活着。

　　她也勸祥子把錢放出去，完全出於善意，假若他願意的話，她可以幫他的忙：

　　「告訴你，祥子，擱在兜兒裏，一個子永遠是一個子！放出去呢，錢就會下錢！沒錯兒，咱們的眼睛是幹什麼的？瞧準了再放手錢，不能放禿尾巴鷹。當巡警的到時候不給利，或是不歸本，找他的巡官去！一句話，他的差事得擱下，敢打聽明白他們放餉的日子，堵窩掏；不還

---

① **放了鷹**：即全部丟失。

錢，**新新**①！將一比十，放給誰，咱都得有個老底；好，放出去，海裏摸鍋，那還行嗎？你聽我的，準保沒錯！」

祥子用不着說什麼，他的神氣已足表示他很佩服高媽的話。及至獨自一盤算，他覺得錢在自己手裏比什麼也穩當。不錯，這麼着是死的，錢不會下錢；可是丟不了也是真的。把這兩三個月剩下的幾塊錢——都是現洋——輕輕的拿出來，一塊一塊的翻弄，怕出響聲；現洋是那麼白亮，厚實，起眼，他更覺得萬不可撒手，除非是拿去買車。各人有各人的辦法，他不便全隨着高媽。

原先在一家姓方的家裏，主人全家大小，連僕人，都在郵局有個儲金摺子。方太太也勸過祥子：「一塊錢就可以立摺子，你怎麼不立一個呢？俗言說得好，常將有日思無日，莫到無時盼有時；年輕輕的，不乘着年輕力壯剩下幾個，一年三百六十天不能天天是晴天大日頭。這又不費事，又牢靠，又有利錢，哪時彆住還可以提點兒用，還要怎麼方便呢？去，去要個單子來，你不會寫，我給你填上，一片好心！」

祥子知道她是好心，而且知道廚子王六和奶媽子秦媽都有摺子，他真想試一試。可是有一天方大小姐叫他去給放進十塊錢，他細細看了看那個小摺子，上面有字，有小紅印；通共，哼，也就有一小打手紙那麼沉吧。把錢交

---

① **新新**：即新鮮，奇怪。

進去，人家又在摺子上畫了幾個字，打上了個小印。他覺得這不是騙局，也得是騙局；白花花的現洋放進去，憑人家三畫五畫就算完事，祥子不上這個當。他懷疑方家是跟郵局這個買賣——他總以為郵局是個到處有分號的買賣，大概字號還很老，至少也和瑞蚨祥，鴻記差不多——有關係，所以才這樣熱心給拉生意。即使事實不是這樣，現錢在手裏到底比在小摺子上強，強的多！摺子上的錢只是幾個字！

對於銀行銀號，他只知道那是出「座兒」的地方，假若巡警不阻止在那兒攔車的話，準能拉上「買賣」。至於裏面作些什麼事，他猜不透。不錯，這裏必是有很多的錢；但是為什麼單到這裏來**鼓逗**①錢，他不明白；他自己反正不容易與它們發生關係，那麼也就不便操心去想了。城裏有許多許多的事他不明白，聽朋友們在茶館裏議論更使他發糊塗，因為一人一個說法，而且都說的不到家。他不願再去聽，也不願去多想，他知道假若去打搶的話，頂好是搶銀行；既然不想去作土匪，那麼自己拿着自己的錢好了，不用管別的。他以為這是最老到的辦法。

高媽知道他是紅着心想買車，又給他出了主意：

「祥子，我知道你不肯放賬，為是好早早買上自己的車，也是個主意！我要是個男的，要是也拉車，我就得

---

① **鼓逗**：擺弄或整治，有反覆調弄的意思。

拉自己的車；自拉自唱，萬事不求人！能這麼着，給我個知縣我也不換！拉車是苦事，可是我要是男的，有把子力氣，我**愣**①拉車也不去當巡警；冬夏常青，老在街上站着，一月才掙那倆錢，沒個外錢，沒個自由；一留鬍子還是就吹，簡直的沒一點起色。我是說，對了，你要是想快快買上車的話，我給你個好主意：起上一隻會，十來個人，至多二十個人，一月每人兩塊錢，你使頭一會；這不是馬上就有四十來的塊？你**橫是**②多少也有個積蓄，湊吧湊吧就弄輛車拉拉，乾脆大局！車到了手，你**乾上一隻黑簽兒會**③，又不出利，又是體面事，準得對你的心路！你真要請會的話，我來一隻，決不含忽！怎樣？」

這真讓祥子的心跳得快了些！真要湊上三四十塊，再加上劉四爺手裏那三十多，和自己現在有的那幾塊，豈不就是八十來的？雖然不夠買十成新的車，八成新的總可以辦到了！況且這麼一來，他就可以去向劉四爺把錢要回，省得老這麼攔着，不像回事兒。八成新就八成新吧，好歹的拉着，等有了富餘再換。

可是，上哪裏找這麼二十位人去呢？即使能湊上，這

---

① **愣**：偏偏，偏要。愣 lèng，粵音另。
② **橫是**：大概是，有猜測的意思。
③ **乾上一隻黑簽兒會**：黑簽兒會，舊時民間自發的集資、借貸組織。會裏面集合了各人的資金後，先供其中一人使用。第一個使用了這筆錢的人，往後不能從會中拿錢來用，只有供款的義務。這裏的意思是只剩下上黑簽兒會這個做法了。

是個面子事，自己等錢用麼就請會，趕明兒人家也約自己來呢？起會，在這個窮年月，常有嘩啦①了的時候！好漢不求人；乾脆，自己有命買得上車，買；不求人！

看祥子沒動靜，高媽真想俏皮他一頓②，可是一想他的直誠勁兒，又不大好意思了：「你真行！『小胡同趕豬——直來直去』；也好！」

祥子沒說什麼，等高媽走了，對自己點了點頭，似乎是承認自己的一把死拿值得佩服，心中怪高興的。

已經是初冬天氣，晚上胡同裏叫賣糖炒栗子，落花生之外，加上了低悲的「夜壺嘔」。夜壺挑子上帶着瓦的悶葫蘆罐兒，祥子買了個大號的。頭一號買賣，賣夜壺的找不開錢，祥子心中一活便，看那個頂小的小綠夜壺非常有趣，綠汪汪的，也撅着小嘴，「不用找錢了，我來這麼一個！」

放下悶葫蘆罐，他把小綠夜壺送到裏邊去：「少爺沒睡哪？送你個好玩藝！」

大家都正看着小文——曹家的小男孩——洗澡呢，一見這個玩藝都憋不住的笑了。曹氏夫婦沒説什麼，大概覺得這個玩藝雖然蠢一些，可是祥子的善意是應當領受的，所以都向他笑着表示謝意。高媽的嘴可不會閒着：

---

① 嘩啦：散了夥。
② 俏皮他一頓：用俏皮話嘲弄人。

「你看，真是的，祥子！這麼大個子了，會出這麼高明的主意；多麼不順眼！」

小文很喜歡這個玩藝，登時用手捧澡盆裏的水往小壺裏灌：「這小茶壺，嘴大！」

大家笑得更加了勁。祥子整着身子——因為一得意就不知怎麼好了——走出來。他很高興，這是向來沒有經驗過的事，大家的笑臉全朝着他自己，彷彿他是個很重要的人似的。微笑着，又把那幾塊現洋搬運出來，輕輕的一塊一塊往悶葫蘆罐裏放，心裏說：這比什麼都牢靠！多唸夠了數，多唸往牆上一碰；拍喳，現洋比瓦片還得多！

他決定不再求任何人。就是劉四爺那麼可靠，究竟有時候顯着彆扭，錢是丟不了哇，在劉四爺手裏，不過總有點不放心。錢這個東西像戒指，總是在自己手上好。這個決定使他痛快，覺得好像自己的腰帶又殺緊了一扣，使胸口能挺得更直更硬。

天是越來越冷了，祥子似乎沒覺到。心中有了一定的主意，眼前便增多了光明；在光明中不會覺得寒冷。地上初見冰凌，連便道上的土都凝固起來，處處顯出乾燥，結實，黑土的顏色已微微發些黃，像已把潮氣散盡。特別是在一清早，被大車軋起的土棱上鑲着幾條霜邊，小風尖溜溜的把早霞吹散，露出極高極藍極爽快的天；祥子願意早早的拉車跑一趟，涼風颼進他的袖口，使他全身像洗冷水澡似的一哆嗦，一痛快。有時候起了狂風，把他打得出

不來氣，可是他低着頭，咬着牙，向前鑽，像一條浮着逆水的大魚；風越大，他的抵抗也越大，似乎是和狂風決一死戰。猛的一股風頂得他透不出氣，閉住口，半天，打出一個嗝，彷彿是在水裏**扎了一個猛子**①。打出這個嗝，他繼續往前奔走，往前衝進，沒有任何東西能阻止住這個巨人；他全身的筋肉沒有一處鬆懈，像被螞蟻圍攻的綠蟲，全身搖動着抵禦。這一身汗！等到放下車，直一直腰，吐出一口長氣，抹去嘴角的黃沙，他覺得他是無敵的；看着那裹着灰沙的風從他面前掃過去，他點點頭。風吹彎了路旁的樹木，撕碎了店戶的布幌，揭淨了牆上的報單，遮昏了太陽，唱着，叫着，吼着，迴蕩着；忽然直馳，像驚狂了的大精靈，扯天扯地的疾走；忽然慌亂，四面八方的亂捲，像不知怎好而決定亂撞的惡魔；忽然橫掃，乘其不備的襲擊着地上的一切，扭折了樹枝，吹掀了屋瓦，撞斷了電線；可是，祥子在那裏看着；他剛從風裏出來，風並沒能把他怎樣了！勝利是祥子的！及至遇上順風，他只須拿穩了車把，自己不用跑，風會替他推轉了車輪，像個很好的朋友。

　　自然，他既不瞎，必定也看見了那些老弱的車夫。他們穿着一陣小風就打透的，一陣大風就吹碎了的，破衣；腳上不知綁了些什麼。在車口上，他們哆嗦着，眼睛

---

① **扎了一個猛子**：扎猛子，游泳時頭向下鑽進水裏。

像賊似的溜着，不論從什麼地方鑽出個人來，他們都爭着問，「車?!」拉上個買賣，他們暖和起來，汗濕透了那點薄而破的衣裳。一停住，他們的汗在背上結成了冰。遇上風，他們一步也不能抬，而生生的要曳着車走；風從上面砸下來，他們要把頭低到胸口裏去；風從下面來，他們的腳便找不着了地；風從前面來，手一揚就要放風箏；風從後邊來，他們沒法管束住車與自己。但是他們設盡了方法，用盡了力氣，死曳活曳得把車拉到了地方，為幾個銅子得破出一條命。一趟車拉下來，灰土被汗合成了泥，糊在臉上，只露着眼與嘴三個凍紅了的圈。天是那麼短，那麼冷，街上沒有多少人；這樣苦奔一天，未必就能掙上一頓飽飯；可是年老的，家裏還有老婆孩子；年小的，有父母弟妹！冬天，他們整個的是在地獄裏，比鬼多了一口活氣，而沒有鬼那樣清閒自在；鬼沒有他們這麼多的吃累！像條狗似的死在街頭，是他們最大的平安自在；凍死鬼，據說，臉上有些笑容！

　　祥子怎能沒看見這些呢。但是他沒工夫為他們憂慮思索。他們的罪孽也就是他的，不過他正在年輕力壯，受得起辛苦，不怕冷，不怕風；晚間有個乾淨的住處，白天有件整齊的衣裳，所以他覺得自己與他們並不能相提並論，他現在雖是與他們一同受苦，可是受苦的程度到底不完全一樣；現在他少受着罪，將來他還可以從這裏逃出去；他想自己要是到了老年，決不至於還拉着輛破車去挨餓受

凍。他相信現在的優越可以保障將來的勝利。正如在飯館或宅門外遇到駛汽車的，他們不肯在一塊兒閒談；駛汽車的覺得有失身分，要是和洋車夫們有什麼來往。汽車夫對洋車夫的態度，正有點像祥子的對那些老弱殘兵；同是在地獄裏，可是層次不同。他們想不到大家須立在一塊兒，而是各走各的路，個人的希望與努力蒙住了各個人的眼，每個人都覺得赤手空拳可以成家立業，在黑暗中各自去摸索個人的路。祥子不想別人，不管別人，他只想着自己的錢與將來的成功。

　　街上慢慢有些年下的氣象了。在晴明無風的時候，天氣雖是乾冷，可是路旁增多了顏色：年畫，紗燈，紅素蠟燭，絹製的頭花，大小蜜供，都陳列出來，使人心中顯着快活，可又有點不安；因為無論誰對年節都想到快樂幾天，可是大小也都有些困難。祥子的眼增加了亮光，看見路旁的年貨，他想到曹家必定該送禮了；送一份總有他幾毛酒錢。節賞固定的是兩塊錢，不多；可是來了賀年的，他去送一送，每一趟也得弄個兩毛三毛的。湊到一塊就是個數兒；不怕少，只要零碎的進手；他的悶葫蘆罐是不會冤人的！晚間無事的時候，他釘坑兒看着這個只會吃錢而不願吐出來的瓦朋友，低聲的勸告：「多多的吃，多多的吃，伙計！多喒你吃夠了，我也就行了！」

　　年節越來越近了，一晃兒已是臘八。歡喜或憂懼強迫着人去計劃，布置；還是二十四小時一天，可是這些天

與往常不同，它們不許任何人隨便的度過，必定要作些什麼，而且都得朝着年節去作，好像時間忽然有了知覺，有了感情，使人們隨着它思索，隨着它忙碌。祥子是立在高興那一面的，街上的熱鬧，叫賣的聲音，節賞與零錢的希冀，新年的休息，好飯食的想像……都使他像個小孩子似的歡喜，盼望。他想好，破出塊兒八毛的，得給劉四爺買點禮物送去。禮輕人物重，他必須拿着點東西去，一來為是道歉，他這些日子沒能去看老頭兒，因為宅裏很忙；二來可以就手要出那三十多塊錢來。破費一塊來錢而能要回那一筆款，是上算的事。這麼想好，他輕輕的搖了搖那個撲滿，想像着再加進三十多塊去應當響得多麼沉重好聽。是的，只要一索回那筆款來，他就沒有不放心的事了！

一天晚上，他正要再搖一搖那個聚寶盆，高媽喊了他一聲：「祥子！門口有位小姐找你；我正從街上回來，她跟我直打聽你。」等祥子出來，她低聲找補了句：「她像個大黑塔！怪怕人的！」

祥子的臉忽然紅得像包着一團火，他知道事情要壞！

# 九

祥子幾乎沒有力量邁出大門坎去。昏頭打腦的，腳還在門坎內，借着街上的燈光，已看見了劉姑娘。她的臉上大概又擦了粉，被燈光照得顯出點灰綠色，像黑枯了的樹葉上掛着層霜。祥子不敢正眼看她。

虎妞臉上的神情很複雜：眼中帶出些渴望看到他的光兒；嘴可是張着點，露出點兒冷笑；鼻子縱起些紋縷，摺疊着些不屑與急切；眉棱棱着，在一臉的怪粉上顯出妖媚而霸道。看見祥子出來，她的嘴唇撇了幾撇，臉上的各種神情一時找不到個適當的歸束。她嚥了口唾沫，把複雜的神氣與情感似乎鎮壓下去，拿出點由劉四爺得來的外場勁兒，半惱半笑，假裝不甚在乎的樣子打了句哈哈：

「你可倒好！肉包子打狗，一去不回頭啊！」她的嗓門很高，和平日在車廠與車夫們吵嘴時一樣。說出這兩句來，她臉上的笑意一點也沒有了，忽然的彷彿感到一種羞愧與下賤，她咬上了嘴唇。

「別嚷！」祥子似乎把全身的力量都放在唇上，爆裂出這兩個字，音很小，可是極有力。

「哼！我才怕呢！」她惡意的笑了，可是不由她自己似的把聲音稍放低了些。「怨不得你躲着我呢，敢情這兒有個小妖精似的小老媽兒；我早就知道你不是玩藝，別看傻大黑粗的，轡子拔煙袋，不傻假充傻！」她的聲音又高了起去。

「別嚷！」祥子唯恐怕高媽在門裏偷着聽話兒。「別嚷！這邊來！」他一邊說一邊往馬路上走。

「上哪邊我也不怕呀，我就是這麼大嗓兒！」嘴裏反抗着，她可是跟了過來。

過了馬路，來到東便道上，貼着公園的紅牆，祥子——

還沒忘了在鄉間的習慣——蹲下了。「你幹嗎來了？」

「我？哼，事兒可多了！」她左手插在腰間，肚子努出些來。低頭看了他一眼，想了會兒，彷彿是發了些善心，可憐他了：「祥子！我找你有事，要緊的事！」

這聲低柔的「祥子」把他的怒氣打散了好些，他抬起頭來，看着她，她還是沒有什麼可愛的地方，可是那聲「祥子」在他心中還微微的響着，帶着溫柔親切，似乎在哪兒曾經聽見過，喚起些無可否認的，欲斷難斷的，情分。他還是低聲的，但是溫和了些：「什麼事？」

「祥子！」她往近湊了湊：「我有啦！」

「有了什麼？」他一時蒙住了。

「這個！」她指了指肚子。「你打主意吧！」

愣頭磕腦的，他「啊」了一聲，忽然全明白了。一萬樣他沒想到過的事都奔了心中去，來得是這麼多，這麼急，這麼亂，心中反猛的成了塊空白，像電影片忽然斷了那樣。街上非常的清靜，天上有些灰雲遮住了月，地上時時有些小風，吹動着殘枝枯葉，遠處有幾聲尖銳的貓叫。祥子的心裏由亂而空白，連這些聲音也沒聽見；手托住腮下，呆呆的看着地，把地看得似乎要動；想不出什麼，也不願想什麼；只覺得自己越來越小，可又不能完全縮入地中去，整個的生命似乎都立在這點難受上；別的，什麼也沒有！他才覺出冷來，連嘴唇都微微的顫着。

「別緊自蹲着，説話呀！你起來！」她似乎也覺出冷

來，願意活動幾步。

他僵不吃的立起來，隨着她往北走，還是找不到話說，混身都有些發木，像剛被凍醒了似的。

「你沒主意呀？」她瞭了祥子一眼，眼中帶出憐愛他的神氣。

他沒話可說。

「趕到二十七呀，老頭子的生日，你得來一趟。」

「忙，年底下！」祥子在極亂的心中還沒忘了自己的事。

「我知道你這小子吃硬不吃軟，跟你說好的算白饒！」她的嗓門又高起去，街上的冷靜使她的聲音顯着特別的清亮，使祥子特別的難堪。「你當我怕誰是怎着？你打算怎樣？你要是不願意聽我的，我正沒工夫跟你費唾沫玩！說翻了的話，我會堵着你的宅門罵三天三夜！你上哪兒我也找得着！我還是**不論秧子**①！」

「別嚷行不行？」祥子躲開她一步。

「怕嚷啊，當初別貪便宜呀！你**是了味**②啦，教我一個人背黑鍋，你也不扒開死××皮看看我是誰！」

「你慢慢說，我聽！」祥子本來覺得很冷，被這一頓罵罵得忽然發了熱，熱氣要頂開凍僵巴的皮膚，混身有些

---

① **不論秧子**：即不管是誰。
② **是了味**：即滿意了。

發癢癢，頭皮上特別的刺鬧得慌。

「這不聽啦！甭找不自在！」她撇開嘴，露出兩個虎牙來。「不屈心，我真疼你，你也別不知好歹！跟我犯牛脖子，沒你的好兒，告訴你！」

「不……」祥子想說「不用打一巴掌揉三揉」，可是沒有想齊全；對北平的俏皮話兒，他知道不少，只是說不利落；別人說，他懂得，他自己說不上來。

「不什麼？」

「說你的！」

「我給你個好主意，」虎姑娘立住了，面對面的對他說：「你看，你要是託個媒人去說，老頭子一定不答應。他是拴車的，你是拉車的，他不肯往下走親戚。我不論，我喜歡你，喜歡就得了嗎，管它娘的別的幹什麼！誰給我說媒也不行，一去提親，老頭子就當是算計着他那幾十輛車呢；比你高着一等的人物都不行。這個事非我自己辦不可，我就挑上了你，咱們是先斬後奏；反正我已經有了，咱們倆誰也跑不了啦！可是，咱們就這麼直入公堂的去說，還是不行。老頭子越老越糊塗，咱倆一露風聲，他會去娶個小媳婦，把我硬攆出來。老頭子棒之呢，別看快七十歲了，真要娶個媳婦，多了不敢說，我敢保還能弄出兩三個小孩來，你愛信不信！」

「走着說，」祥子看站崗的巡警已經往這邊走了兩趟，覺得不是勁兒。

「就在這兒說，誰管得了！」她順着祥子的眼光也看見了那個巡警：「你又沒拉着車，怕他幹嗎？他還能無因白故的把誰的××咬下來？那才透着邪行呢！咱們說咱們的！你看，我這麼想：趕二十七老頭子生日那天，你去給他磕三個頭。等一轉過年來，你再去拜個年，討他個喜歡。我看他一喜歡，就弄點酒什麼的，讓他喝個痛快。看他喝到七八成了，就熱兒打鐵，你乾脆認他作乾爹。日後，我再慢慢的教他知道我身子不方便了。他必審問我，我給他個『徐庶入曹營——一語不發』。等他真急了的時候，我才說出個人來，就說是新近死了的那個喬二——咱們東邊杠房的二掌櫃的。他無親無故的，已經埋在了東直門外義地裏，老頭子由哪兒究根兒去？老頭子沒了主意，咱們再慢慢的吹風兒，頂好把我給了你，本來是乾兒子，再作女婿，反正差不很多；順水推舟，省得大家出醜。你說我想的好不好？」

祥子沒言語。

覺得把話說到了一個段落，虎妞開始往北走，低着點頭，既像欣賞着自己的那片話，又彷彿給祥子個機會思索思索。這時，風把灰雲吹裂開一塊，露出月光，二人已來到街的北頭。御河的水久已凍好，靜靜的，灰亮的，坦平的，堅固的，托着那禁城的城牆。禁城內一點聲響也沒有，那玲瓏的角樓，金碧的牌坊，丹朱的城門，景山上的亭閣，都靜悄悄的好似聽着一些很難再聽到的聲音。小風

吹過，似一種悲歎，輕輕的在樓台殿閣之間穿過，像要道出一點歷史的消息。虎妞往西走，祥子跟到了金鼇玉𧈚。橋上幾乎沒有了行人，微明的月光冷寂的照着橋左右的兩大幅冰場，遠處亭閣暗淡的帶着些黑影，靜靜的似凍在湖上，只有頂上的黃瓦閃着點兒微光。樹木微動，月色更顯得微茫；白塔卻高聳到雲間，傻白傻白的把一切都帶得冷寂蕭索，整個的三海在人工的雕琢中顯出北地的荒寒。到了橋頭上，兩面冰上的冷氣使祥子哆嗦了一下，他不願再走。平日，他拉着車過橋，把精神全放在腳下，唯恐出了錯，一點也顧不得向左右看。現在，他可以自由的看一眼了，可是他心中覺得這個景色有些可怕：那些灰冷的冰，微動的樹影，慘白的高塔，都寂寞的似乎要忽然的狂喊一聲，或狂走起來！就是腳下這座大白石橋，也顯着異常的空寂，特別的白淨，連燈光都有點淒涼。他不願再走，不願再看，更不願再陪着她；他真想一下子跳下去，頭朝下，砸破了冰，沉下去，像個死魚似的凍在冰裏。

「明兒個見了！」他忽然轉身往回走。

「祥子！就那麼辦啦，二十七見！」她朝着祥子的寬直的脊背說。說完，她瞭了白塔一眼，歎了口氣，向西走去。

祥子連頭也沒回，像有鬼跟着似的，幾出溜便到了團城，走得太慌，幾乎碰在了城牆上。一手扶住了牆，他不由的要哭出來。愣了會兒，橋上叫：「祥子！祥子！這兒

來！祥子！」虎妞的聲音！

他極慢的向橋上挪了兩步，虎妞仰着點身兒正往下走，嘴張着點兒：「我説祥子，你這兒來；給你！」他還沒挪動幾步，她已經到了身前：「給你，你存的三十多塊錢；有幾毛錢的零兒，我給你補足了一塊。給你！不為別的，就為表表我的心，我惦念着你，疼你，護着你！別的都甭説，你別忘恩負義就得了！給你！好好拿着，丟了可別賴我！」

祥子把錢──一打兒鈔票──接過來，愣了會兒，找不到話説。

「得，咱們二十七見！不見不散！」她笑了笑。「便宜是你的，你自己細細的算算得了！」她轉身往回走。

他攥着那打兒票子，呆呆的看着她，一直到橋背把她的頭遮下去。灰雲又把月光掩住；燈更亮了，橋上分外的白，空，冷。他轉身，放開步，往回走，瘋了似的；走到了街門，心中還存着那個慘白冷落的橋影，彷彿只隔了一眨眼的工夫似的。

到屋中，他先數了數那幾張票子；數了兩三遍，手心的汗把票子攥得發粘，總數不利落。數完，放在了悶葫蘆罐兒裏。坐在牀沿上，呆呆的看着這個瓦器，他打算什麼也不去想；有錢便有辦法，他很相信這個撲滿會替他解決一切，不必再想什麼。御河，景山，白塔，大橋，虎妞，肚子……都是夢；夢醒了，撲滿裏卻多了三十幾塊錢，真

的！

看夠了，他把撲滿藏好，打算睡大覺，天大的困難也能睡過去，明天再說！

躺下，他閉不上眼！那些事就像一窩蜂似的，你出來，我進去，每個肚子尖上都有個刺！

不願意去想，也實在因為沒法兒想，虎妞已把道兒都堵住，他沒法脫逃。

最好是跺腳一走。祥子不能走。就是讓他去看守北海的白塔去，他也樂意；就是不能下鄉！上別的都市？他想不出比北平再好的地方。他不能走，他願死在這兒。

既然不想走，別的就不用再費精神去思索了。虎妞說得出來，就行得出來；不依着她的道兒走，她真會老跟着他鬧哄；只要他在北平，她就會找得着！跟她，得說真的，不必打算耍滑。把她招急了，她還會抬出劉四爺來，劉四爺要是買出一兩個人——不用往多裏說——在哪個僻靜的地方也能要祥子的命！

把虎妞的話從頭至尾想了一遍，他覺得像掉在個陷阱裏，手腳而且全被夾子夾住，決沒法兒跑。他不能一個個的去批評她的主意，所以就找不出她的縫子來，他只感到她撒的是絕戶網，連個寸大的小魚也逃不出去！既不能一一的細想，他便把這一切作成個整個的，像千斤閘那樣的壓迫，全壓到他的頭上來。在這個無可抵禦的壓迫下，他覺出一個車夫的終身的氣運是包括在兩個字裏——倒

霉！一個車夫，既是一個車夫，便什麼也不要作，連娘兒們也不要去粘一粘；一粘就會出天大的錯兒。劉四爺仗着幾十輛車，虎妞會仗着個臭×，來欺侮他！他不用細想什麼了；假若打算認命，好吧，去磕頭認乾爹，而後等着娶那個臭妖怪。不認命，就得破出命去！

想到這兒，他把虎妞和虎妞的話都放在一邊去；不，這不是她的厲害，而是洋車夫的命當如此，就如同一條狗必定挨打受氣，連小孩子也會無緣無故的打牠兩棍子。這樣的一條命，要它幹嗎呢？豁上就豁上吧！

他不睡了，一腳踢開了被子，他坐了起來。他決定去打些酒，喝個大醉；什麼叫事情，哪個叫規矩，×你們的姥姥！喝醉，睡！二十七？二十八也不去磕頭，看誰怎樣得了祥子！披上大棉襖，端起那個當茶碗用的小飯碗，他跑出去。

風更大了些，天上的灰雲已經散開，月很小，散着寒光。祥子剛從熱被窩裏出來，不住的吸溜氣兒。街上簡直已沒了行人，路旁還只有一兩輛洋車，車夫的手捂在耳朵上，在車旁跥着腳取暖。祥子一氣跑到南邊的小舖，舖中為保存暖氣，已經上了門，由個小窗洞收錢遞貨。祥子要了四兩白乾，三個大子兒的落花生。平端着酒碗，不敢跑，而像轎夫似的疾走，回到屋中。急忙鑽入被窩裏去，上下牙磕打了一陣，不願再坐起來。酒在桌上發着辛辣的味兒，他不很愛聞，就是對那些花生似乎也沒心程去動。

這一陣寒氣彷彿是一盆冷水把他澆醒，他的手懶得伸出來，他的心也不再那麼熱。

躺了半天，他的眼在被子邊上又看了看桌上的酒碗。不，他不能為那點纏繞而毀壞了自己，不能從此破了酒戒。事情的確是不好辦，但是總有個縫子使他鑽過去。即使完全無可脫逃，他也不應當先自己往泥塘裏滾；他得睜着眼，清清楚楚的看着，到底怎樣被別人把他推下去。

滅了燈，把頭完全蓋在被子裏，他想就這麼睡去。還是睡不着，掀開被看看，窗紙被院中的月光映得發青，像天要亮的樣子。鼻尖覺到屋中的寒冷，寒氣中帶着些酒味。他猛的坐起來，摸住酒碗，吞了一大口！

# 十

個別的解決，祥子沒那麼聰明。全盤的清算，他沒那個魄力。於是，一點兒辦法沒有，整天際圈着滿肚子委屈。正和一切的生命同樣，受了損害之後，無可如何的只想由自己去收拾殘局。那鬥落了大腿的蟋蟀，還想用那些小腿兒爬。祥子沒有一定的主意，只想慢慢的一天天，一件件的挨過去，爬到哪兒算哪兒，根本不想往起跳了。

離二十七還有十多天，他完全注意到這一天上去，心裏想的，口中唸道的，夢中夢見的，全是二十七。彷彿一過了二十七，他就有了解決一切的辦法，雖然明知道這是欺騙自己。有時候他也往遠處想，譬如拿着手裏的幾十塊

錢到天津去；到了那裏，碰巧還許改了行，不再拉車。虎妞還能追到他天津去？在他的心裏，凡是坐火車去的地方必是很遠，無論怎樣她也追不了去。想得很好，可是他自己良心上知道這只是萬不得已的辦法，再分能在北平，還是在北平！這樣一來，他就又想到二十七那一天，還是這樣想近便省事，只要混過這一關，就許可以全局不動而把事兒闖過去；即使不能乾脆的都擺脱清楚，到底過了一關是一關。

怎樣混過這一關呢？他有兩個主意：一個是不理她那回事，乾脆不去拜壽。另一個是按照她所囑咐的去辦。這兩個主意雖然不同，可是結果一樣：不去呢，她必不會善罷甘休；去呢，她也不會饒了他。他還記得初拉車的時候，摹仿着別人，見小巷就鑽，為是抄點近兒，而誤入了羅圈胡同；繞了個圈兒，又繞回到原街。現在他又入了這樣的小胡同，彷彿是：無論走哪一頭兒，結果是一樣的。

在沒辦法之中，他試着往好裏想，就乾脆要了她，又有什麼不可以呢？可是，無論從哪方面想，他都覺着憋氣。想想她的模樣，他只能搖頭。不管模樣吧，想想她的行為；哼！就憑自己這樣要強，這樣規矩，而娶那麼個破貨，他不能再見人，連死後都沒臉見父母！誰準知道她肚子裏的小孩是他的不是呢？不錯，她會帶過幾輛車來；能保準嗎？劉四爺並非是好惹的人！即使一切順利，他也受不了，他能幹得過虎妞？她只須伸出個小指，就能把他支

使的頭暈眼花，不認識了東西南北。他曉得她的厲害！要成家，根本不能要她，沒有別的可說的！要了她，便沒了他，而他又不是看不起自己的人！沒辦法！

沒方法處置她，他轉過來恨自己，很想脆脆的抽自己幾個嘴巴子。可是，說真的，自己並沒有什麼過錯。一切都是她布置好的，單等他來上套兒。毛病似乎是在他太老實，老實就必定吃虧，沒有情理可講！

更讓他難過的是沒地方去訴訴委屈。他沒有父母兄弟，沒有朋友。平日，他覺得自己是頭頂着天，腳踩着地，無牽無掛的一條好漢。現在，他才明白過來，悔悟過來，人是不能獨自活着的。特別是對那些同行的，現在都似乎有點可愛。假若他平日交下幾個，他想，像他自己一樣的大漢，再多有個虎妞，他也不怕；他們會給他出主意，會替他拔創賣力氣。可是，他始終是一個人；臨時想抓朋友是不大容易的！他感到一點向來沒有過的恐懼。照這麼下去，誰也會欺侮他；獨自一個是頂不住天的！

這點恐懼使他開始懷疑自己。在冬天，遇上主人有飯局，或聽戲，他照例是把電石燈的水筒兒揣在懷裏；因為放在車上就會凍上。剛跑了一身的熱汗，把那個冰涼的小水筒往胸前一貼，讓他立刻哆嗦一下；不定有多大時候，那個水筒才會有點熱和勁兒。可是在平日，他並不覺得這有什麼說不過去；有時候揣上它，他還覺得這是一種優越，那些拉破車的根本就用不上電石燈。現在，他似乎看

出來，一月只掙那麼些錢，而把所有的苦處都得受過來，連個小水筒也不許凍上，而必得在胸前抱着，自己的胸脯多麼寬，彷彿還沒有個小筒兒值錢。原先，他以為拉車是他最理想的事，由拉車他可以成家立業。現在他暗暗搖頭了。不怪虎妞欺侮他，他原來不過是個連小水筒也不如的人！

在虎妞找他的第三天上，曹先生同着朋友去看夜場電影，祥子在個小茶館裏等着，胸前揣着那像塊冰似的小筒。天極冷，小茶館裏的門窗都關得嚴嚴的，充滿了煤氣，汗味，與賤臭的煙捲的乾煙。饒這麼樣，窗上還凍着一層冰花。喝茶的幾乎都是拉包月車的，有的把頭靠在牆上，借着屋中的暖和氣兒，閉上眼打盹。有的拿着碗白乾酒，讓讓大家，而後慢慢的喝，喝完一口，上面咂着嘴，下面很響的放涼氣。有的攥着卷兒大餅，一口咬下半截，把脖子撐得又粗又紅。有的繃着臉，普遍的向大家抱怨，他怎麼由一清早到如今，還沒停過腳，身上已經濕了又乾，乾了又濕，不知有多少回！其餘的人多數是彼此談着閒話，聽到這兩句，馬上都靜了一會兒，而後像鳥兒炸了巢似的都想起一日間的委屈，都想講給大家聽。連那個吃着大餅的也把口中勻出能調動舌頭的空隙，一邊兒嚥餅，一邊兒說話，連頭上的筋都跳了起來：「你當他媽的拉包月的就不蘑菇哪？！我打他媽的——嗝！——兩點起到現在還水米沒打牙！竟說前門到平則門——嗝！——我拉他媽

的三個來回了！這個天，把屁眼都他媽的凍裂了，一勁的放氣！」轉圈看了大家一眼，點了點頭，又咬了一截餅。

這，把大家的話又都轉到天氣上去，以天氣為中心各自道出辛苦。祥子始終一語未發，可是很留心他們說了什麼。大家的話，雖然口氣，音調，事實，各有不同，但都是咒罵與不平。這些話，碰到他自己心上的委屈，就像一些雨點兒落在乾透了的土上，全都吃了進去。他沒法，也不會，把自己的話有頭有尾的說給大家聽；他只能由別人的話中吸收些生命的苦味，大家都苦惱，他也不是例外；認識了自己，也想同情大家。大家說到悲苦的地方，他皺上眉；說到可笑的地方，他也撇撇嘴。這樣，他覺得他是和他們打成一氣，大家都是苦朋友，雖然他一言不發，也沒大關係。從前，他以為大家是貧嘴惡舌，憑他們一天到晚窮說，就發不了財。今天彷彿是頭一次覺到，他們並不是窮說，而是替他說呢，說出他與一切車夫的苦處。

大家正說到熱鬧中間，門忽然開了，進來一陣冷氣。大家幾乎都怒目的往外看，看誰這麼不得人心，把門推開。大家越着急，門外的人越慢，似乎故意的**磨煩**①。茶館的伙計半急半笑的喊：「快着點吧，我一個人的大叔！別把點熱氣兒都給放了！」

這話還沒說完，門外的人進來了，也是個拉車的。

---

① **磨煩**：即拖時間。

看樣子已有五十多歲，穿着件短不夠短，長不夠長，蓮蓬簍兒似的棉襖，襟上肘上已都露了棉花。臉似乎有許多日子沒洗過，看不出肉色，只有兩個耳朵凍得通紅，紅得像要落下來的果子。慘白的頭髮在一頂破小帽下雜亂的髭髭着；眉上，短鬚上，都掛着些冰珠。一進來，摸住條板凳便坐下了，扎掙着說了句：「沏一壺。」

這個茶館一向是包月車夫的聚處，像這個老車夫，在平日，是決不會進來的。

大家看着他，都好像感到比剛才所說的更加深刻的一點什麼意思，誰也不想再開口。在平日，總會有一兩個不很懂事的少年，找幾句俏皮話來拿這樣的茶客取取笑，今天沒有一個出聲的。

茶還沒有沏來，老車夫的頭慢慢的往下低，低着低着，全身都**出溜**[①]下去。

大家馬上都立了起來：「怎啦？怎啦？」說着，都想往前跑。

「別動！」茶館掌櫃的有經驗，攔住了大家。他獨自過去，把老車夫的脖領解開，就地扶起來，用把椅子餀在背後，用手勒着雙肩：「白糖水，快！」說完，他在老車夫的脖子那溜兒聽了聽，自言自語的：「不是痰！」

大家誰也沒動，可誰也沒再坐下，都在那滿屋子的煙

---

① **出溜**：滑下、滑行。

中，眨巴着眼，向門兒這邊看。大家好似都不約而同的心裏說：「這就是咱們的榜樣！到頭髮慘白了的時候，誰也有一個跟頭摔死的行市！」

糖水剛放在老車夫嘴邊上，他哼哼了兩聲。還閉着眼，抬起右手——手黑得發亮，像漆過了似的——用手背抹了下兒嘴。

「喝點水！」掌櫃的對着他耳朵說。

「啊？」老車夫睜開了眼。看見自己是坐在地上，腿蜷了蜷，想立起來。

「先喝點水，不用忙。」掌櫃的說，鬆開了手。

大家幾乎都跑了過來。

「哎！哎！」老車夫向四圍看了一眼，雙手捧定了茶碗，一口口的吸糖水。

慢慢的把糖水喝完，他又看了大家一眼：「哎，勞諸位的駕！」說得非常的溫柔親切，絕不像是由那個鬍子拉碴的口中說出來的。說完，他又想往起立，過去三四個人忙着往起攙他。他臉上有了點笑意，又那麼溫和的說：「行，行，不礙！我是又冷又餓，一陣兒發暈！不要緊！」他臉上雖然是那麼厚的泥，可是那點笑意教大家彷彿看到一個溫善白淨的臉。

大家似乎全動了心。那個拿着碗酒的中年人，已經把酒喝淨，眼珠子通紅，而且此刻帶着些淚：「來，來二兩！」等酒來到，老車夫已坐在靠牆的一把椅子上。他有

一點醉意，可是規規矩矩的把酒放在老車夫面前：「我的請，您喝吧！我也四十望外了，不瞞您說，拉包月就是湊合事，一年是一年的事，腿知道！再過二三年，我也得跟您一樣！您橫是快六十了吧？」

「還小呢，五十五！」老車夫喝了口酒。「天冷，拉不上座兒。我呀，哎，肚子空；就有幾個子兒我都喝了酒，好暖和點呀！走在這兒，我可實在撐不住了，想進來取個暖。屋裏太熱，我又沒食，橫是暈過去了。不要緊，不要緊！勞諸位哥兒們的駕！」

這時候，老者的乾草似的灰髮，臉上的泥，炭條似的手，和那個破帽頭與棉襖，都像發着點純潔的光，如同破廟裏的神像似的，雖然破碎，依然尊嚴。大家看着他，彷彿唯恐他走了。祥子始終沒言語，呆呆的立在那裏。聽到老車夫說肚子裏空，他猛的跑出去，飛也似又跑回來，手裏用塊白菜葉兒托着十個羊肉餡的包子。一直送到老者的眼前，說了聲：吃吧！然後，坐在原位，低下頭去，彷彿非常疲倦。

「哎！」老者像是樂，又像是哭，向大家點着頭。「到底是哥兒們哪！拉座兒，給他賣多大的力氣，臨完多要一個子兒都怪難的！」說着，他立了起來，要往外走。

「吃呀！」大家幾乎是一齊的喊出來。

「我叫小馬兒去，我的小孫子，在外面看着車呢！」

「我去，您坐下！」那個中年的車夫說，「在這兒丟

不了車，您自管放心，對過兒就是巡警閣子。」他開開了點門縫：「小馬兒！小馬兒！你爺爺叫你哪！把車放在這兒來！」

老者用手摸了好幾回包子，始終沒往起拿。小馬兒剛一進門，他拿起來一個：「小馬兒，乖乖，給你！」

小馬兒也就是十二三歲，臉上挺瘦，身上可是穿得很圓，鼻子凍得通紅，掛着兩條白鼻涕，耳朵上戴着一對破耳帽兒。立在老者的身旁，右手接過包子來，左手又自動的拿起來一個，一個上咬了一口。

「哎！慢慢的！」老者一手扶在孫子的頭上，一手拿起個包子，慢慢的往口中送。「爺爺吃兩個就夠，都是你的！吃完了，咱們收車回家，不拉啦。明兒個要是不這麼冷呀，咱們早着點出車。對不對，小馬兒？」

小馬兒對着包子點了點頭，吸溜了一鼻子：「爺爺吃三個吧，剩下都是我的。我回頭把爺爺拉回家去！」

「不用！」老者得意的向大家一笑：「回頭咱們還是走着，坐在車上冷啊。」

老者吃完自己的份兒，把杯中的酒喝乾，等着小馬兒吃淨了包子。掏出塊破布來，擦了擦嘴，他又向大家點了點頭：「兒子當兵去了，一去不回頭；媳婦——」

「別說那個！」小馬兒的腮撐得像倆小桃，連吃帶說的攔阻爺爺。

「說說不要緊！都不是外人！」然後向大家低聲的：

226

「孩子心重，甭提多麼要強啦！媳婦也走了。我們爺兒倆就吃這輛車；車破，可是我們自己的，就仗着天天不必為車份兒着急。掙多掙少，我們爺兒倆苦混，無法！無法！」

「爺爺，」小馬兒把包子吃得差不離了，拉了拉老者的袖子，「咱們還得拉一趟，明兒個早上還沒錢買煤呢！都是你，剛才二十子兒拉後門，依着我，就拉，你偏不去！明兒早上沒有煤，看你怎樣辦！」

「有法子，爺爺會去賒五斤煤球。」

「還饒點劈柴？」

「對呀！好小子，吃吧；吃完，咱們該蹓躂着了！」說着，老者立起來，繞着圈兒向大家說：「勞諸位哥兒們的駕啦！」伸手去拉小馬兒，小馬兒把未吃完的一個包子整個的塞在口中。

大家有的坐着沒動，有的跟出來。祥子頭一個跟出來，他要看看那輛車。

一輛極破的車，車板上的漆已經裂了口，車把上已經磨得露出木紋，一隻唏哩嘩啷響的破燈，車棚子的支棍兒用麻繩兒捆着。小馬兒在耳朵帽裏找出根洋火，在鞋底兒上劃着，用兩隻小黑手捧着，點着了燈。老者往手心上吐了口唾沫，哎了一聲，抄起車把來，「明兒見啦，哥兒們！」

祥子呆呆的立在門外，看着這一老一少和那輛破車。

老者一邊走還一邊說話，語聲時高時低；路上的燈光與黑影，時明時暗。祥子聽着，看着，心中感到一種向來沒有過的難受。在小馬兒身上，他似乎看見了自己的過去；在老者身上，似乎看到了自己的將來！他向來沒有輕易撒手過一個錢，現在他覺得很痛快，為這一老一少買了十個包子。直到已看不見了他們，他才又進到屋中。大家又說笑起來，他覺得發亂，會了茶錢，又走了出來，把車拉到電

影園門外去等候曹先生。

　　天真冷。空中浮着些灰沙，風似乎是在上面疾走，星星看不甚真，只有那幾個大的，在空中微顫。地上並沒有風，可是四下裏發着寒氣，車轍上已有幾條凍裂的長縫子，土色灰白，和冰一樣涼，一樣堅硬。祥子在電影園外立了一會兒，已經覺出冷來，可是不願再回到茶館去。他要靜靜的獨自想一想。那一老一少似乎把他的最大希望給打破——老者的車是自己的呀！自從他頭一天拉車，他就決定買上自己的車，現在還是為這個志願整天的苦奔；有了自己的車，他以為，就有了一切。哼，看看那個老頭子！

　　他不肯要虎妞，還不是因為自己有買車的願望？買上車，省下錢，然後一清二白的娶個老婆；哼，看看小馬兒！自己有了兒子，未必不就是那樣。

　　這樣一想，對虎妞的要脅，似乎不必反抗了；反正自己跳不出圈兒去，什麼樣的娘們不可以要呢？況且她還許帶過幾輛車來呢，幹嗎不享幾天現成的福！看透了自己，便無須小看別人，虎妞就是虎妞吧，什麼也甭說了！

　　電影散了，他急忙的把小水筒安好，點着了燈，連小棉襖也脫了，只剩了件小掛，他想飛跑一氣，跑忘了一切，摔死也沒多大關係！

賞析

　　《駱駝祥子》真實揭示了舊中國社會底層勞動者的悲慘命運。故事發生在20世紀20年代末期，老北平人力車夫祥子，善良淳樸，吃苦耐勞。他認為有了自己的車「就有了一切」，駱駝般執着堅韌，努力實現自己的人生願望。但這願望「像個鬼影，永遠抓不牢，而空受那些辛苦與委屈」，歷經重重挫折坎坷與遭遇，希望終究破滅。奮鬥進取的祥子，在極度絕望中扭曲了靈魂，蛻變為墮落無恥的「行屍走肉」，悲慘一生。

　　老舍先生懷着對社會底層勞動者的深深同情，批判了黑暗的社會現實與國民性的弱點，小說刻畫了一個個個性鮮明的人物，語言生動，文筆剛勁有力。作品的悲劇性色彩，以及平民化語言，細膩的心理描寫以及環境描寫所體現的藝術表現力，歷來為人們稱道。《駱駝祥子》是中國現代文學史上的一部優秀作品，堪稱老舍先生的代表作，被譯成十幾國文字，影響深遠。

# 延伸閱讀

## 關於老舍故居

老舍先生一生住過很多地方，在中國時間較長的有北京、濟南、青島和重慶，國外住達月餘或幾年的有倫敦、巴黎、新加坡和紐約。下面我們來了解一下一些比較有代表性的老舍故居。

## 北京故居

老舍先生「生在北京，長在北京，死在北京，他寫了一輩子北京，老舍和北京分不開，沒有北京，就沒有老舍」。1949年前後，老舍在北京住過的地方共有十處，其中1949年前九處，1949年後一處：小羊圈胡同（現為小楊家胡同）8號是他的出生地，北京師範學校（今育幼胡同）、第十七小學（今方家胡同小學）、翊教寺公寓、西山臥佛寺、西直門兒童圖書館、缸瓦市基督教堂、教育會（今北長街小學）、煙通胡同6號（今9號）為1949年前居住過的九處。其中，從1949年到1966年老舍去世，他一直都居住在北京市東城區燈市口西街豐富胡同19號，這是一座栽着柿子樹的四合院，被稱為「丹柿小院」，後被國務院改建為「老舍紀念館」。

作為北京市文物保護單位的「老舍故居」，是座普通

的北京四合院，硬山隔檁，純木結構，整個院落布局緊湊。正門坐西朝東，灰瓦門樓，門扇為黑漆油飾。就在這間小屋子裏，老舍寫了著名話劇《方珍珠》、《龍鬚溝》、《茶館》、《西望長安》及《全家福》等，還有為紀念其父而作的《神拳》等23部著作。此外還有大量的曲藝、散文、詩歌、論文、雜文以及未完成的自傳體小説《正紅旗下》。

客廳中陳列着沙發、條案、硬木雕花圓桌、凳及多寶閣。南面向陽的窗台、茶几上擺着各種盆景、盆花。西牆上掛着著名國畫畫家贈送的老舍喜愛的字畫。據老舍夫人胡絜青説，原來這些字畫幾天就換一次，每換一次，老舍總要細細地看上半天。在這裏，老舍曾接待過許多著名藝術家和中外友人。東西各有三間廂房，東廂房是老舍女兒居住的，西廂房是就餐的場所。1954年春天，老舍先生在小院中親自栽下了兩棵柿樹。每逢深秋時節，柿樹綴滿紅柿，別有一番詩情畫意，為此胡絜青美其名為：「丹柿小院」。

## 倫敦故居

1924年到1929年老舍趕赴英國講學，在英國的五年

裏，他在倫敦先後住過四個地方。其中的三年時間，他居住於英國西部霍蘭公園附近的聖詹姆斯廣場31號。聖詹姆斯花園31號位於倫敦西城，是一處圍成長方形的連棟住宅。住宅的中心是一座有着百年歷史的聖詹姆斯小教堂，環境整潔幽靜。

在這裏居住期間，老舍除了授課外，大部分時間在倫敦大學東方學院的圖書館度過。他閱讀了狄更斯等著名作家的著作，吸收了現代西方文學的精華，為日後的創作奠定了深厚的思想和文學基礎。

老舍協助埃傑頓將中國古典長篇小說《金瓶梅》譯成英文，並創作了長篇小說《老張的哲學》、《趙子曰》和《二馬》的前半部。1926年8月，《老張的哲學》在《小說月報》上連載時，第一次用筆名「老舍」。老舍先生的兒子舒乙說：「老舍先生的創作生涯是正始於此地的。」

2003年11月25日，這個地方正式由英國遺產委員會鑲上藍牌。藍牌上分別用白色漢字和漢語拼音寫着：老舍，1899—1966，中國作家，1925—1928生活於此。這是英國紀念已故文化名人的一種方式。

## 濟南故居

濟南老舍故居為20世紀30年代老舍在山東省濟南市的住所，一共四處，其中兩處已不存。他曾居住了三年的濟南南新街54號保存完整，現在已經成為濟南市重點文物保護單位。

南新街為齊魯大學北側的一條有折彎的南北胡同，原建築為一處磚頭土坯壘建的茅草房，當時的大門位於東側，主要房間位於二門內的西、北、東三面，其中老舍住在北房，明房共有三間。在房間中部設有隔斷，東側的一間半為臥室，西側的一間半用於會客和寫作，書桌設在南窗下。

在此老舍創作了長篇小說《貓城記》、《離婚》、《牛天賜傳》，以及收錄在《趕集》中的大部分短篇小說，也包括一些散文（如《濟南的冬天》、《濟南的春天》）和幽默詩文。當時的院子中滿栽各種花草，並有一眼水井，閒暇時老舍自己打水澆花、施肥、捉蟲。

1950年在原房地基上進行了翻修重建，拆除了二門和影壁，磚頭土坯牆和草房屋頂被改以紅磚牆和瓦房屋頂，但原有格局基本未變，院內水井和北房內當年的隔扇尚存，現由一位徐姓老人及其家人居住。此處故居為四處故

居中保存最為完好的一處，2006年被列入第三批山東省省級文物保護單位。

## 青島故居

位於青島市市南區黃縣路12號，面南背北，樓下為老舍全家居所。老舍於1934年來青島受聘於山東大學，直至1937年離開青島，期間大部分時間居住於此，這是他在青島的三處借寓住所之一，另兩處一在萊蕪一路，一在金口二路。在此期間，老舍創作了中國現代文學史上的長篇傑作《駱駝祥子》以及小説《文博士》、《我這一輩子》等一批優秀作品。

老舍先生在青島的故居，現在開闢為「老舍故居紀念館」暨「駱駝祥子博物館」，是中國第一個以作品名稱命名的紀念館。「駱駝祥子紀念館」是老舍先生的兒子舒乙的創意。

## 重慶故居

老舍的重慶故居位於北碚區城區內，是一幢中西合璧的小別墅。此屋是1940年6月林語堂回國定居時購買的，7月被日本飛機轟炸，剛修復不久，林語堂又奉命出國，

臨行前將其贈送給「中華全國文藝界抗敵協會」作辦公用。後來老舍先生定居其間，因當時屋內老鼠很多，成羣結隊，不僅啃爛家具，偷吃食品，還經常拖走書稿、撲克等物，故取名「多鼠齋」。老舍先後在這裏寓居六年，創作了著名的《四世同堂》等抗戰小說、戲劇、散文、雜文、曲藝、詩詞和回憶錄各種作品數百篇，近兩百萬字。同時，還以《多鼠齋》為題，連續在《新民報晚刊‧西方夜談》上發表有《多鼠齋雜文》12篇。多鼠齋現由重慶市定為市級文物保護單位，北碚區擬將「文物管理所」設於此。1982年，老舍夫人胡絜青故地重遊，探望其舊居時，認為這是老舍在全國的故居中保護得最好的一處。

# 名人推薦

老舍的才華是多方面的，長短篇的小說，散文，戲劇，白話詩，無一不能，無一不精。而且他有他的個性，絕不俯仰隨人。

——現代作家　梁實秋

老舍和我們來往最密的時期，是在抗戰時代的重慶。我們都覺得他是我們朋友中最爽朗、幽默、質樸、熱情的一個。我常笑對他說：「您來了，不像『清風入座』，乃是一陣熱浪，席捲了我們一家人的心。」那時他正扛着重慶的「文協」大旗，他卻總不提那些使他受苦蒙難的事。他來了，就和孩子們打鬧，同文藻喝酒，酒後就在我們土屋的廊上，躺在帆布牀裏，沉默地望着滔滔東去的嘉陵江，一直躺到月亮上來才走。

——現代作家　冰心

老舍愛朋友，廣交遊。他重交誼，不論地位、生命的高低。老舍，對人生是樂觀的，興趣是多方面的。他搞文學，也愛藝術。

——現代詩人　臧克家

老舍同志是中國知識分子最好的典型，沒有能挽救他，我的確感到慚愧，也替我們那一代人感到慚愧。但我們是不是從這位偉大作家的慘死中找到什麼教訓呢？他的骨灰雖然不知道給拋撒到了什麼地方，可是他的著作流傳全世界，通過他的口叫出來的中國知識分子的心聲請大家側耳傾聽吧：「我愛咱們的國呀，可是誰愛我呢？」

——現代作家　**巴金**

老舍是一個諷刺小說家，對國家對社會對人生的態度都以諷刺出之。然而決不如魯迅那麼刻薄，反而令人覺得他是一個可親可愛的長者，這或者要感謝他那北方人的忠厚氣質。魯迅小說裏沒有一個好人，老舍小說裏的李子榮、張大哥、丁二爺，都十分可愛。他口角邊雖常常掛着譏嘲的笑意，眼裏卻蘊着兩眶熱淚。

——現代作家　**蘇雪林**

小說家的老舍對於中國現代文學最重要的貢獻，是他對市民階層、市民性格的藝術表現，和對於中國現代小說民族化的獨特道路的探索。

——當代文學評論家　**趙園**

魯迅說過老舍「油滑」，叫我這半吊子北京人看，這是南方人對北京話的偏見，那不是老舍油滑，而是北京人就這麼說話。老舍的作品有時給人感覺軟，繞半天圈子不切題，正是有些失之厚道，捨不得，對北京小市民太熱愛。他也沒法兒不這樣，那些人沒一個外人，都是親戚裏道街裏街坊的。

——當代作家　王朔

　　孫犁先生曾論說作家生死兩態：人生舞台，曲不終，而人已不見；或曲已終，而仍見人。顯然，老舍先生屬於令人尊敬的後者。無論作為小說家，還是作為劇作家，在中國的文學史上，還真的很少有人能夠與之匹敵。

——當代作家　肖復興

　　老舍的文字是幽默的，但是內容是嚴肅的。

——美國友人　甯恩承